阿公的
腳踏車

人物介紹

淇淇：國二生，十四歲的都市女孩，從貴族學校轉來到鄉下初中。個性文靜，心思纖細，卻也充滿了好奇心。心地善良，但耳根子軟，過於在乎別人眼光，是個非常重視家庭的勇敢女孩。

阿公：沉默寡言，但臉上總是掛著笑容的拾荒老人，不論去哪總是騎著心愛的天藍色老腳踏車。平日默默拾荒，私底下卻是貢獻鄉里、為善不欲人知的善人。除此之外，阿公心愛的腳踏車背後還隱藏了一個特別的祕密，和這個小鎮的陳年往事息息相關……

洪秀慧：淇淇媽媽，也是在台北經營成衣廠的洪董事長，是名幹練的女商人。事業心很強，但本性不壞，可以說是個性執著的女強人。

阿篤：鄰家的神祕少年，中學畢業後沒有往上升學，到處打零工。阿篤拉得一手好二胡，長相帥氣清秀，身手矯健，愛好冒險。

鎮長：外貌和善，長得非常福態，表面上樂善好施，實際上卻……

目次

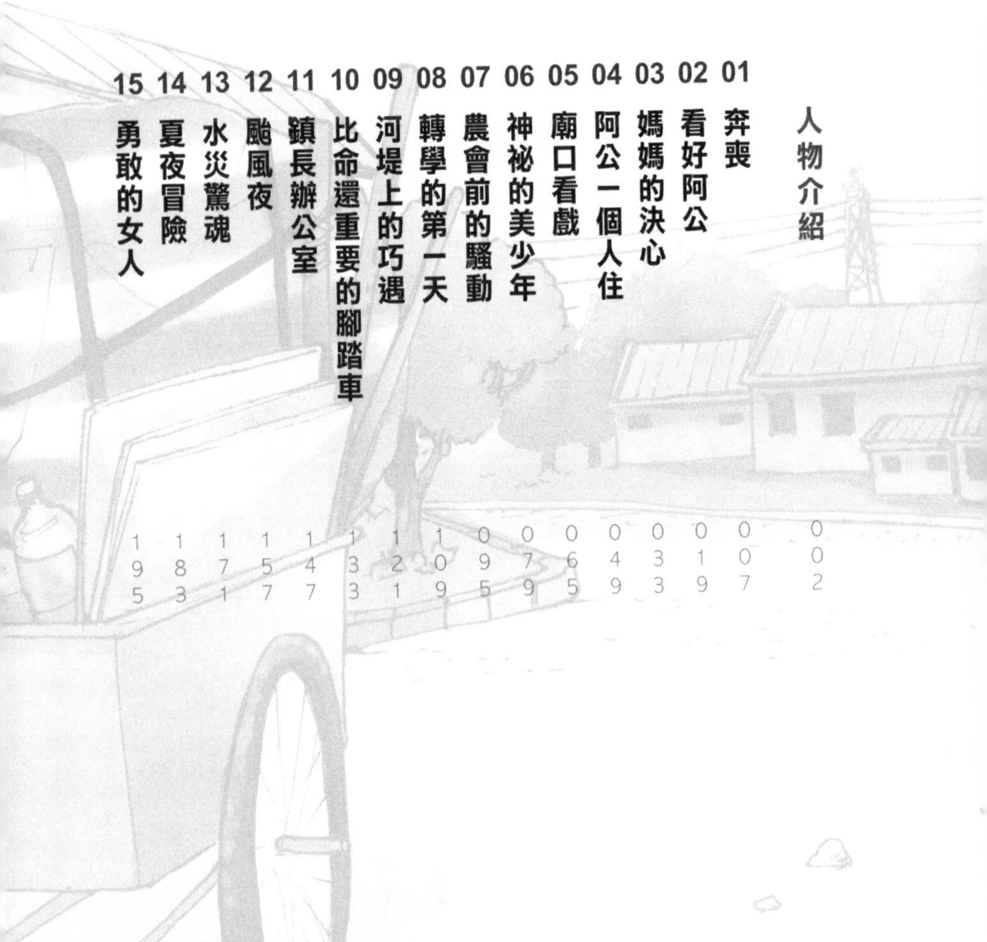

01。奔喪

「媽媽……現在到哪一站了？」聽著火車轟隆轟隆的聲音，淇淇勉強忍住瞌睡蟲問道。

今年十四歲的淇淇，有著一雙聰慧的大眼睛，頭髮乾淨俐落，綁成馬尾。

媽媽沒有回答。淇淇睜開眼偷瞧，原來媽媽已經睡著了。她塗上妝粉的臉是一片慘白，眼角還掛著兩道淚痕。打從接到電話說阿嬤去世的那刻起，媽媽的表情再也快樂不起來。

「淇淇……阿嬤去世了……」說完，媽媽痛哭失聲。淇淇難過得撲進媽媽懷裡，母女倆抱頭大哭。

「妳阿嬤……阿嬤不在了……」媽媽重複說著，哭得像是小孩。

淇淇心疼的摟住她，這還是淇淇第一次看到她這麼傷心。之前爸爸離家出走不回來，媽媽也從來沒有哭得這麼傷心。

淇淇抹去眼淚。今年的十四歲生日，已經不能再和阿嬤一起過了……

淇淇不斷的回想起阿嬤的笑容。親切溫暖、笑起來帶著淺淺酒窩的阿嬤，

總是用粗糙長滿厚繭的手撫摸著淇淇的臉龐和衣服，叮嚀她吃飽穿暖。

「女孩子要多笑，多笑才會水。」阿嬤總是笑咪咪的用台語叮嚀道。

淇淇從小出生在台北這個不斷發展的大都會，這裡很熱鬧，店面也一間間開，爸媽投資的工廠更是賺錢，一忙起來，常常連鄉下的阿嬤阿公家都很少回去。但即使淇淇沒有留在鄉下與阿嬤同住，阿嬤對淇淇與其他表兄妹仍舊同樣疼愛。每次年節見到淇淇時，阿嬤總是噓寒問暖，恨不得將淇淇在台北生活唸書的大小事都一一聽夠，祖孫倆才心滿意足的上床睡覺。那樣的阿嬤，如今已不在這世界上了……淇淇握緊拳頭，任由淚水落下。

「下一站苗栗。」火車上傳出的人聲廣播，把淇淇從回憶中喚醒。她輕輕的搖醒媽媽。

「媽媽，醒來了，阿嬤家……」淇淇怕媽媽難過，連忙改口。

「阿公家要到了。」

「謝謝妳叫醒媽媽。」媽媽穿起黑色大衣。

黑色和白色，是台灣喪家的顏色。連一向喜歡繽紛顏色的淇淇也只得穿上黑色的連帽大衣。這麼沉重的顏色，讓淇淇的個頭看起來更小了。她的頭髮紮成高高的馬尾，一身黑色的喀什米爾連帽大衣，配上深藍色的日本進口圍巾，露出一張圓潤清秀的臉。媽媽面無表情，讓淇淇很擔心，她真希望趕快回到阿公家，那裡有一屋子的親戚，可以幫她安慰媽媽。

自從離婚之後，媽媽全心衝刺事業，更少回鄉下阿嬤家了。上一次回去，已經是三年前的事情。當年離開時，阿嬤和阿公推開補滿補釘的紗門，依依不捨的對著媽媽的車子揮手……這樣的場景仍在淇淇腦海中揮之不去。

「我最討厭他們唸我。」媽媽很不喜歡阿嬤和阿公「關心」家裡的狀況，每次淇淇接起阿嬤阿公的電話，媽媽總是不情願的走過去接。

「台北正在發展，我要留在這裡打拼。我一個女人也可以把孩子帶好，淇淇過得很好，你們別瞎操心！」面對阿嬤和阿公的「嘮叨」，媽媽講電話的語氣總是很激動，比十四歲的淇淇還像個青少年。

阿嬤阿公的家，是間位於苗栗的小紅瓦厝，媽媽連過年過節都不願久待。每當看到同班的小朋友過年都可以回鄉下玩耍，淇淇不免感到羨慕。

她甚至以為媽媽是討厭阿嬤和阿公，才不回鄉下的家。

但如今阿嬤過世，媽媽卻哭得這麼傷心，在火車上也一路臉色慘白。淇淇想，媽媽還是很愛阿嬤的吧？

那至於阿公呢？三年不見，淇淇對阿公的印象也不太清楚了……他個頭高高瘦瘦的，就像根曬黑的竹竿，而且還是根很有彈性的竹竿，因為阿公長手長腳的，身手勤快又俐落。

過年過節時，他總是提著重物和烹飪的食材忙進忙出，身上有股漱口藥水的濃濃藥味，沉默寡言。

母女倆相偕走下火車，一出車站看見苗栗的熟悉景象，苗栗明亮的天空籠

罩著大地，房子蓋得比以前緊密了些，不過都還是低矮的建築居多，不像大城市，高樓大廈充斥了整個視野，更遮住天空的景色。

「好久沒回來了，等一下看到長輩都要打招呼喔！」媽媽叮嚀淇淇，走到車站外的公用電話旁撥回老家。不一會兒，有台小貨車開來，車內高瘦的人影朝她們用力揮手。

「是阿公嗎？」淇淇緊張得踮起腳尖。

小貨車開得更近了，原來車上的人是阿平舅舅。

阿平舅舅戴著眼鏡，理著短短的平頭，穿著白襯衫。大概是一夜沒睡，神情有點憔悴，笑容也很疲憊。

「抱歉，久等了吧！」舅舅問著媽媽，又轉頭朝淇淇說：「淇淇，長這麼高啦？」

「是啊！舅舅！」淇淇向好幾年不見的舅舅打招呼，禮貌的微笑。

「淇淇，現在在這裡是沒關係，等進了阿公家，別嘻皮笑臉的。」媽媽的

叮嚀讓淇淇感到有點委屈。

但她知道媽媽自己心情也不好受，所以沒頂嘴。

舅舅轉動方向盤。淇淇隱約記得回阿公家的路，離開車站商圈之後，舅舅駛向通往一片片綠油油農田的大馬路。路上的汽車很少，比淇淇居住的大都會還要冷清點，卻也多了幾分悠閒。

大清早的，淇淇感受到四面八方傳來清脆的鳥鳴，偶爾還聽得見雞啼，路旁也有大黃牛慢條斯理的嚼著草。遠方聚落則是一大排紅瓦厝，矮矮的平房座落在綠意之間。淇淇很懷念這樣一望無際的景色。

「妳還好嗎？」舅舅大概也發現了媽媽臉色不對，輕聲問道。

「還好。」媽媽目光凝視著遠方。

熟悉的轉角是幾處三合院，淇淇立刻認出種著聖誕紅的那棟紅瓦建築，是阿嬤阿公的家。三合院裡，昔日用來做曬穀場的庭院，已經搭起藍白相間的帆布棚。紅通通的磚牆外頭放置了簡單的葬儀紀念花盆，寫著一些紀念阿嬤的話語，例如：「母儀長存」、「淑德永昭」等。

淇淇下了車，帆布棚底下滿滿的盡是遠房親戚，與一些從沒見過的人。他們正圍坐圓桌旁，用黃色草紙折著一朵朵蓮花，紙蓮花堆滿腳下的紙箱。

老黃狗阿輝第一個起身，迎接淇淇與媽媽。

「汪嗚！」阿輝簡單的打了聲招呼，金黃色的尾巴在淇淇腳邊掃呀掃。

「三年不見了，阿輝還記得我們啊！」淇淇感到一陣窩心，伸手摸摸阿輝的頭。

「啊！阿娟回來了啊！」親戚們也起身招呼媽媽，好久不見的小阿姨給了媽媽深深的擁抱，姊妹倆都紅了眼眶。

「沒能看到媽最後一面……」媽媽嗚咽起來，讓淇淇好不捨。她試著想說些話安慰媽媽，但一看見靈堂裡的阿嬤遺照，眼淚也跟著潰堤。阿嬤的遺照，生澀的望著鏡頭，那抹熟悉的微笑與憨直的雙眸，更讓淇淇感到不捨。

舅媽輕輕的拍著淇淇的背。

「乖，別哭，妳媽媽看到妳這樣子會更傷心。」

淇淇擦掉眼淚，從舅媽手中接過三炷香，朝阿嬤的牌位默禱起來。

「阿嬤，妳一路好走……我會認真努力讀書，考上北一女。」

淇淇默禱之際，隱約聽見媽媽在問舅舅：「爸呢？」

她這才想起來。

「對了，回到阿公家已經快十分鐘了，怎麼還沒見到阿公的影子呢？」只見舅舅一臉為難樣，媽媽則是一臉氣急敗壞的樣子。

原來阿公是出門了。

「是去辦事嗎？」媽媽問。

「呃！喪事必要的東西我們這些晚輩都已經處理好了。」阿平舅舅搔了搔頭。

「爸只是出去……經營副業吧？他說跟人約好了……」

「都這種時候了！爸竟然還出門？什麼事情這麼重要！」媽媽不以為然的

高聲說道。

淇淇好奇的湊過去聽，一屋子的遠親近鄰也回過頭來。

「哦！原來是阿娟啊！」一個嬸婆聽到媽媽的聲音，後知後覺的回過頭。

「啊妳先生怎麼沒有跟著一起回來？」

淇淇心中暗叫不妙。果真，一聽到別人問起爸爸的事情，媽媽立刻沉了沉臉色。

「舅媽，我和那個人已經沒有緣份了，已經離婚三年了。」

嬸婆看見媽媽為難的模樣，自覺說錯話，急忙把話題轉到淇淇身上。

「哦！原來是這樣！好久沒看見淇淇，長這麼大啦！幾年級啦？」

「嬸婆，我今年國二了，明年就要考高中了。」淇淇乖巧的點點頭，主動把話題轉到升學考，希望幫媽媽緩頰。

不過，媽媽的神情看起來還是不怎麼明朗。多年來不常回娘家，就是怕人家「關心」她母女倆的生活，看來這次還是躲不過。

只見媽媽頻頻往曬穀場的牆外望去，大概是在期待阿公回來吧！淇淇心想，阿公應該很傷心吧？在全家忙喪事的時候還堅持出門做「副業」，那到底是怎麼樣的一種「副業」呢？

正想開口問阿平舅舅，桌下的大黃狗阿輝猛然起身，把淇淇嚇了一大跳。

「汪！汪！」阿輝閃電般衝出曬穀場空地，親熱的搖著尾巴。

正午的風掀起路旁的青綠的樹葉，空氣間傳來一陣清脆悅耳的鈴聲。是腳踏車的鈴聲。

「叮鈴、叮鈴鈴！」

「汪！汪！」阿輝隨著鈴聲頗有默契的叫聲，猛搖尾巴。

「哦！是爸回來了！」阿平苦笑著，表情一臉無奈。媽媽和淇淇也衝到牆外探看。只見不遠處騎來一個龐然大物……不，應該說是一堆龐然大物。

廢棄的大型喇叭、收音機、廢電視、成捆成捆的報紙，全都堆在一輛鐵鏽斑斑的藍色腳踏車上。腳踏車的龍頭還掛了兩個大麻布袋，幾乎看不見騎乘者的臉。乍看之下還以為是一堆廢棄物在空中自行移動呢！此時，腳踏車前方的麻布袋被往旁挪了一下，露出一張黝黑而專注的瘦削臉孔。

「咦？淇淇！阿娟！妳們回來啦！」出聲的不是別人，正是淇淇三年不見的阿公。阿公露出敦厚而溫暖的淺笑，對她們揮了揮手。

「阿公？」淇淇這才恍然大悟，臉上掛起開心的表情。

「啊啊！危險！」阿平舅舅一手拉住黃狗阿輝的項圈，一手拉住淇淇。

就在這一刻，阿公的腳踏車發出恐怖的吱吱怪叫，緊急在馬路上煞住。

媽媽掩住鼻子，指著麻布袋裡尚未清洗的瓶瓶罐罐。

「爸……你怎麼……載了一堆垃圾回來！」

「什麼垃圾！這些都還很有用！」阿公不以為然的說。

望著車上琳瑯滿目的廢家電、廢紙、廢瓶罐，淇淇真不敢相信這些東西只用一台腳踏車就運得回來。

阿公到底是怎麼辦到的呢？他拿這些東西回來，又要做什麼呢？

02. 看好阿公

媽媽揚起眉毛，對於眼前的這些廢棄物實在不敢恭維。

「爸，難道這些就是阿平說的『副業』？」

「是啊！妳沒回來的這幾年，爸開始收破爛了……」阿平舅舅嘆了口氣。

「每逢一三五的早上，一定去收到中午才回來……我就跟他說，媽過世的這幾天不用出去……」

「說得這麼簡單。答應別人的事情都是誠信，當然要出去。」阿公不卑不亢的反駁道。

原來，阿公已經和一些「老主顧」約好，幾點該去哪些地方收破爛，他一處也沒錯過，全都騎著眼前這台天藍色的腳踏車，挨家挨戶跑過一遍。

只見阿公彷彿在表演特技般，氣定神閒，將腳踏車上的雜物一一卸下。

實在是太久沒見到阿公，眼前這個黝黑高大但手腳細得像竹竿的人，看起來熟悉中又帶點陌生。淇淇目瞪口呆，望著阿公認真的側臉，與他帶點憨直神情的細長眼睛。

「爸，你就別出去了，這車也不修一修，多危險啊！」阿平嘆了口氣。

「我的車，我自己清楚該不該修。」阿公「卸貨」完畢，平靜的望著淇淇母女。

「阿娟，現在妳媽不在了，以後要帶淇淇多回來走走喔！」

阿公的眼神平靜，帶點哀傷，他沒有對過去的事情抱怨，反而讓淇淇感到心疼，媽媽也鼻酸的點了點頭。

「對不起，爸，我應該更常回來的……只是……」

「別光站在這裡，進去跟大家聊聊天吧！大家都是關心妳呀！」

阿公彷彿又看出媽媽的心事，鼓勵她主動和這些許久不見的親戚近鄰打打交道。一旁的阿平舅舅，已經動手提起阿公帶回來的一捆捆廢棄物，而阿公也繼續著手邊的工作，低頭整理完瓶罐，還不忘拿出抹布，替藍色腳踏車擦去塵土。陽光照射在腳踏車的車身上，它淺藍色的烤漆上點綴著一點一點的鏽斑，但看起來並不骯髒，反而像是小動物的皮膚紋路般，有些可愛。

這是一台頗有年紀的老車了，轉動龍頭時還會發出奇怪的聲音。從剛剛的狀況來看，煞車好像也不太靈敏。淇淇還沒來得及打量，阿平舅舅便有些粗魯的將單車牽到後頭去了。

「淇淇，外面很冷，到裡面來坐吧！」舅媽招呼道，淇淇也微笑的跟著人群走進去。

舅媽熬的是暖口的薑茶，在這個微寒的早春天氣，也溫暖了眾人的心。接下來，誦經師父也到了，淇淇強忍著瞌睡蟲，與眾人一起跪在靈堂誦經。

一連幾天都聽著清脆的木魚聲誦經、行三鞠躬禮，表哥表姐也分別從大學和公司返鄉，讓淇淇的生活稍微熱鬧了點。

「淇淇，初中的課業怎麼樣？」

「將來想必是要考北一女吧？好厲害喔！」面對表哥表姐的提問，淇淇露出微笑。

「還不知道能不能考上……我會努力啦！」說實在的，淇淇現在的學校可

是如火如荼的在為升學做準備。

每天，每堂課的老師都一直在傳遞「一定要考上北一女」的升學訊息，淇淇雖是聽膩了，但也並非無法接受。

「北一女」，正是早期的台北省立第一女中，也是所有台北初中生家長眼中的明星女子高中。每當媽媽聽到「北一女」，更是眼睛一亮，畢竟，那是她的母校。

「淇淇成績目前是還可以啦，升上初三之後還要拼一下，才有勝算。」她解釋著。

淇淇跟著點點頭，默默的吃著飯。

眼睛一抬，才發現阿公那雙溫柔的眼睛，正若有所思的望著她。

「不知道阿公在想什麼……」淇淇想。

隨著眾人的話題轉來轉去，阿公很少插上幾句話，彷彿他不是飯桌上的主角，只是默默帶著淺笑觀察著眾兒女子孫們。偶爾淇淇會跟阿公視線交會，阿

公會皺著臉苦笑一下，用嘴型暗示淇淇「多吃點」。一家人圍著桌子吃飯，雖然氣氛不比過年，但也多少沖淡了失去阿嬤的悲傷。

阿公仍舊每天出門載運廢棄物，鄰居登門弔喪時，甚至會直接提著不要的舊家電和報紙一起來，媽媽看了直搖頭。

「爸到底是從什麼時候開始搞這些的？」

「這個嘛！他好像默默進行很久了。」阿平舅舅也不知道詳情。

「天生我才必有用。」阿公聽到了子女們的質疑，碎碎唸了起來。

「即使是垃圾，都有它的用途。有的能換錢，有的能夠幫助別人，有的改造一下，又可以重新使用。」這幾年流行換彩色電視機，報廢的黑白電視機特別多，聽舅舅說，阿公每天都至少抱了好幾台老舊電視機堆進後院倉庫。而倉庫更放滿了各種由垃圾改造過的小器具。例如：用舊衣服做成的防塵布、用廢輪胎拼成的手推車等等。

後頭的倉庫，簡直像個大千世界，好幾次淇淇想偷偷參觀，媽媽都一臉厭惡的拉住她，很少能「闖關成功」。

「淇淇，後院垃圾堆得高高的，很髒又危險，妳一個小孩就別過去了，回房間溫習功課吧！不然等這五天的喪假休完，妳回學校就跟不上囉！」

媽媽嘴裡老是這麼叮嚀淇淇，讓淇淇感到有點洩氣。

「對呀！還是要回台北的。」眼前盡是這片一望無際的綠色農田，晴朗的藍天，實在讓淇淇難以想像自己幾天後就要回到那個灰色的大都會了。

在那裡，可以用精緻的歐洲製餐具吃飯喝茶，可以在美美的房間裡開著大燈唸書，上下學有黑頭汽車接送，也不用聞到鄉下雞鴨牛的粗野氣味。

「不過，我還不想這麼快回去啊……」淇淇嘆了口氣。

隨著待在這裡的時間越來越長，淇淇開始體會到，這個老紅瓦厝給她的感覺，一直都沒有改變，還是那樣的溫馨而可愛。

偶爾淇淇經過中庭，或者拐過靈堂旁的老水井時，會想到許多小時候阿嬤還在時的趣事。阿嬤彎著腰，笑呵呵的拉著水井的繩子，把冰涼的夏日西瓜從井底撈上來。路口玩耍的親戚小孩全都一擁而上。

「好啦！你們別急，別急呀！」阿嬤瞇著一雙鳳眼，一副拿孩子們沒辦法的模樣，眼中盡是溺愛。

淇淇放遠望去，想起曬穀場的另一方，是阿嬤曬各種醃製蔬菜的廣場。有時候還會自己做麵條，拿到外面風乾。

淇淇小時候經常躡手躡腳的和表哥表姐，一起偷拿乾乾的鹹麵條吃。有次一回頭，才發現阿嬤在後頭忍著笑，祖孫幾人也同時爆出笑聲。

「哈哈哈！嘴真饞，跟阿嬤說一聲不就好了嗎？」當時的阿嬤柔聲說道。

媽媽常說阿嬤對他們很兇，卻對孫子輩太好。淇淇怎麼樣也無法把阿嬤兇人的表情，和記憶中和藹可親的老太太劃上等號。

「唉……以後就算嘴饞，也沒有人可以討食物了。」淇淇不禁悲從中來。

原來，這個老舊的紅瓦厝處處是回憶。

淇淇明白，等明天阿嬤出殯，大家紛紛回城裡，以後回憶阿嬤的機會也不多了。一想到這裡，她輕輕的嘆了一口氣。

「在想阿嬤嗎？」後頭傳來一聲阿公的輕問。

回過頭，阿公正對著淇淇淺笑。那是一抹關切的苦笑，露出淡淡的悲傷。

淇淇的眼淚再也忍不住，抓緊阿公粗糙的手掌，哭了起來。

阿公身上有淡淡的燒金紙味道，他輕輕撫了一下淇淇的頭頂，嘆了口氣。

「要是以前，妳阿嬤一定會說，這麼晚了還哭哭啼啼，是宵夜被吃光了，不甘心嗎？」

「真的，這真的是阿嬤會說的話。」淇淇抹去眼淚。

阿公乾澀又帶著柔情的嗓音，喚起了淇淇更多的兒時記憶。這些記憶像是棉花糖般，輕柔柔的，甜甜的，讓人懷念。阿公和阿嬤都很幽默，還會經常彼此虧來虧去。淇淇想起阿嬤溫婉又不失幽默感的笑容，心裡溫暖起來。淇淇回到房間，聽到阿平舅舅與媽媽正在曬穀場裡說話。隔著小木窗，可以看見媽媽與舅舅的身影。

「媽明天就要出去了……」媽媽低垂著眼神，似乎表情有些失落，可是語氣聽起也像是如釋重負。

阿平舅舅理解的點點頭。

「姐，妳們一忙完出殯，就要回台北打拼了吧？」

「是啊……淇淇學校的課業可不能落後啊！我投資的公司最近也非常忙碌呢！」媽媽流露出女強人的姿態，微微一笑。

這一笑似乎是讓阿平舅舅有些退卻，把慰留的話也吞回肚裡。

「既然妳這麼忙，淇淇又有課業壓力，那妳們還是趕快回台北得好。」阿平說。深藍色的夜籠罩在他與媽媽的身上。兩人今晚要替阿嬤守最後一次靈，而明天，阿嬤即將出殯。

淇淇躺回床上，不知道怎麼搞的，心情亂糟糟的。她突然有種抗拒，不想回台北，不想再整天面對書桌，更不想就這樣離開這個充滿回憶的老房子。

月光撒進房間的木窗，淇淇瞥見門口閃動著金屬的光芒。

「誰在那裡？」她起身探看，才發現原來是阿公。阿公正把那台腳踏車挪到大門口。

天藍色的腳踏車反映著月色，像是灑上一層銀粉般耀眼，金屬的龍頭隨著阿公的動作輕輕閃動，彷彿在對淇淇悄悄的眨著眼睛。

淇淇闔上眼睛。那台天藍色的腳踏車，她還真有點印象。記得以前她還在唸小學三年級時，曾經回到這裡過暑假。沒錯，就是阿嬤會把西瓜冰在井裡的暑假時光。

「西瓜籽不吐出來的話，會在肚子裡長成西瓜樹喔！」表哥故意嚇淇淇，她則臭著一張臉不回應。一排小孩子坐在屋簷下，吃著阿嬤剛切好的西瓜，嘴邊全是紅通通的西瓜汁，模樣簡直像一群饞鬼。淇淇卻非常懷念那樣的時光。

這時，阿公牽著嶄新的腳踏車從後院走來。

「誰要跟我的新車去兜兜風呀？載你們去廟口看戲！」

「我要去！」小淇淇瞪大眼睛，興奮的站了起來。

孩子們也瞄了瞄藍色的全新腳踏車一眼，卻不怎麼感興趣。只有小淇淇，因為難得回鄉下，特別想跟阿公親近。

「唉呀！手先擦乾淨再去！」阿嬤溫柔的用毛巾擦擦淇淇的手，這時她已經坐上阿公的腳踏車後座了。

後座釘了一塊嶄新又乾淨的木板，坐起來穩固又舒服，阿公也像個孩子似的露出燦爛的笑容，迫不及待踩動踏板。

「耶！出發出發！」小淇淇興奮的大叫。

「唉呀！慢點！」阿嬤還忙著幫小淇淇擦手，她往前追了幾步，無可奈何的苦笑。黑銀交錯的髮絲隨風飄起。

「淇淇，別讓妳阿公在廟口亂跑呀！」這句輕柔又幽默的提醒，讓在場的人都笑了起來。

「我才沒有那麼容易走丟呢！」阿公抗議道。

「還說沒有，每次都在廟口忙著買零食，連腳踏車都差點弄丟了！」阿嬤還在後方吐槽著，一屋簷下啃著西瓜的孫子們都呵呵大笑起來。

阿嬤淘氣的笑了，又招了招手。「要照顧妳阿公啊！淇淇！」坐在腳踏車上的小淇淇回頭，對阿嬤比了一個ＯＫ手勢。阿嬤的那句「照顧妳阿公」，輕盈而甜蜜，充滿對阿公與她的關愛。

天亮了。初中二年級的淇淇睜開眼。

原來是一場夢……淇淇揉了揉眼。今天是阿嬤出殯的日子……

記憶裡阿嬤在家門口揮手叮嚀的模樣，仍是那麼清晰又溫暖。

「阿嬤……我一定會照顧阿公……一定會照顧阿公的……」淇淇對夢裡的阿嬤堅定的說。

跪在靈堂，等待阿嬤的棺材被抬出家門時，淇淇捏緊喪服的衣角。整個出殯儀式中，阿公始終面無表情，看起來比往日更加蒼老虛弱。

棺材送出去火化之後，全家人坐著車回到家中上香，對著阿嬤的牌位一拜再拜。

工人們把喪事用的遮陽棚拆下，媽媽與阿姨們打掃著曬穀場。房子又恢復了原樣。從曬穀場、走廊、廚房角落到客廳前的門檻，處處是回憶。淇淇走到庭院，最後，她停在門口，回憶起昨晚的那個夢。

「要照顧好阿公喔！」阿嬤那聲溫柔又不失活力的叮嚀，還言猶在耳。

淇淇出了神，只聽到後面傳來阿平舅舅著急的呼喚。

「糟糕，爸怎麼不見了呢？大家都沒看到他！」

淇淇回過神來，著急的轉頭四處張望。

阿公的那輛天藍色腳踏車，也不見了！

「真是的！爸跑去哪裡了？」媽媽高分貝的叫著，一群親戚也緊張起來。

03. 媽媽的決心

阿平舅舅忙著去跟左右鄰居打探，舅媽則差遣堂哥去菜市場打聽下落。一票鄰居好奇的跑到庭院前關心狀況，卻也說不出個所以然。

其他的阿姨與舅舅們則是圍在客廳等著電話。

「聽說阿雍伯失蹤了？」這會兒連警察局的年輕警員，都慌慌張張騎著腳踏車來關心，淇淇真是目瞪口呆，這一望無際的廣大土地上，竟然一下子聚集了這麼多人。

「早上才把阿秀送出去，下午就換阿雍失蹤了？這新年才剛過呢！我看你們全家都去安個太歲比較好！」鄰居阿美嬸嚴肅的說。

聽她這樣一說，媽媽眉頭蹙得更緊了。原本看起來就很緊繃冷漠的臉部表情，顯得更加不悅。

「爸平常都會去哪？」媽媽急忙問著屋內的人，大家紛紛搖頭。

「一定是騎車去收破爛啦！」又有鄰居阿伯安撫道。

「等會兒他就會自己回來了。」

03 媽媽的決心

「不，我覺得事情沒這麼簡單……爸今天早上的樣子不對勁，他一滴眼淚也沒流。」阿平舅舅插嘴道。

「他平常可是看到電視新聞就會流淚的人啊！」

「他應該是心情不好吧？前幾天不是還很有精神的出去收破爛嗎？」媽媽不耐煩的看著手錶，原本預計要回台北的行程，已經被打亂了。看著大家把問題丟來丟去，淇淇這才發現，不但自己對阿公一點也不瞭解，眼前這群人似乎也不太明白阿公的心裡在想什麼。阿公真的悲傷、真的難過嗎？為什麼大家都不曉得阿公平常會去的地方在哪？

記憶中的阿公一直人緣很好啊！不然大家也不會一聽到他失蹤，就急急忙忙跑過來關心了。淇淇把行李搬回房間。她眼前關心的不是回台北的火車幾點開，而是阿公平常的生活狀況。畢竟，回來這幾天大家都陷在阿嬤的葬禮儀式中，沒有好好陪阿公講話。

而阿公在淇淇的眼中，也幾乎都是一個人靜靜的忙著，有時候還會消失一陣子才回來。

全家上下都在找阿公，只有老黃狗阿輝一點也不著急。牠不但在屋簷的陰影裡打著盹，還翻身背對眾人，把大家吵鬧的噪音阻隔在後。

「最後一個看到阿公的人是誰？」淇淇悄悄的問著媽媽。而媽媽只是一臉厭煩的繼續看著手錶。

「糟糕，今晚回台北的最後一班火車，再半小時就開了。」

阿平舅舅主動提起媽媽的行李。

「這樣吧！我先開車送妳們去車站，反正這裡已經有這麼多人幫忙了，不需要耽誤妳們回去的時間！」

「還是你貼心。」媽媽美麗消瘦的臉蛋掛上笑容，像是放晴的天空。

「淇淇，我們趕快走吧！」

淇淇回頭望著鬧烘烘的紅瓦厝，此時，黃狗阿輝緩緩的站起身。

牠走進擺著阿嬤骨灰與牌位的大廳，也回眸瞧了淇淇一眼。

不知道為什麼，那樣的眼神讓淇淇非常在意。但她卻是慌慌張張的被媽媽牽進舅舅的車裡。

坐在駛向車站的車裡，淇淇不停的探頭望向窗外的街巷與稻田小徑，希望能看

到阿公的身影。

淇淇的小臉被風刮得紅通通的，繫著藍色蝴蝶結的馬尾在春天的寒風中一飄一飄。她回頭望著這片灰冷冷的鄉間天空，心頭像是被什麼哽住似的。

剛剛在大廳前，黃狗阿輝是不是想告訴她什麼呢？

火車隆隆響著，一路北上，將淇淇與媽媽載回台北這個大城市，回程的路上媽媽積極的買了份報紙來看。

「在鄉下這幾天，都快和社會脫節了！」媽媽苦笑道。滿滿的鄉間綠意不斷在火車窗外溜過，但媽媽一點也不眷戀，而是拿出大黑色的記事本翻看。

「成衣廠的進度，該去催一催了，今天還得去看樣板。」媽媽語氣急促。

「這些事情已經堆了好多天，刻不容緩。」

「可是……回到台北已經傍晚了，媽媽還要出去嗎？」淇淇想暗示媽媽先回家休息，沒想到媽媽直接拒絕了。

「媽媽先把妳載回家，然後就直接去工廠。」媽媽堅毅的臉蛋上，已經看不見失去阿嬤的悲傷。一抵達人擠人的台北火車站，她立刻到女廁換上工作用的白襯衫、搭上時髦的灰格紋墊肩外套。緊接著，媽媽拿著厚厚的記事本，站在公共電話前一一打著成衣廠幹部的電話。

「什麼?小王辭職了?這麼重要的事情怎麼沒第一個跟我報告？」眼看媽媽說話的音調越來越高，踩著高跟鞋的腳也激動的在地上猛踏，淇淇感覺大事不妙。

這幾天回阿嬤家時，媽媽也經常守在電話旁，用手指轉著話機的撥號框，連阿公看了都搖頭，舅舅阿平則是忙著安撫其他親戚，也不好說媽媽什麼。

「這些人太沒責任感了!我已經說過了，王董要的這批訂單非常重要，絕對要辦好……你們沒一個能信任的……」

媽媽沮喪的低下頭，淇淇則急得在一旁不知如何是好。看見這位對公用電話氣急敗壞的女人，過往的行人紛紛皺起眉頭。

突然間，淇淇覺得電話前這個兇巴巴的女人，變得好陌生，好憔悴，簡直不像她那個美麗優雅的媽媽了。

媽媽是從什麼時候開始，變成這個樣子了呢？

「算了，你們先去忙吧！我馬上回工廠處理。」總算掛上電話，媽媽撩了撩波浪捲的蓬鬆髮絲。

「淇淇，先回家！媽今晚不能回家睡了，工廠一堆事情等著我去收尾。」

看到媽媽這個模樣，淇淇一句抗議或挽留的話都說不出。

媽媽招了計程車，往家的方向急急開去。台北的小巷與大馬路彼此交錯，飛快的閃過淇淇眼前。淇淇感覺自己體內有個時間錶，被台北這個城市、也被媽媽硬生生的撥快了。

「一回來台北，雖然眼前是熟悉的景色，可是，感覺一切都變得又快又急……」淇淇回想著這幾天在苗栗鄉下的生活，簡直跟這裡的步調是天壤之別。

「媽得馬上走了，妳自己打理晚餐，出入要小心喔！門記得上鎖。」

淇淇一踏進冰冷漆黑的客廳，媽媽便丟下這句話和母女倆的行李，踏著高跟鞋匆匆下樓去了。

「匡噹！」緊接著，便是一聲樓下大鐵門急促關上的兇猛聲音。

冰冷又巨大的噪音，讓淇淇不禁縮起身子。淇淇走進漆黑的房間，望著擺滿獎狀、獎盃的書桌。上頭的參考書、題庫與課本塞滿書架，像是一座沉重的小山，正冷冷的俯視著她。

「回台北了……該收心了。」淇淇伸出手，打開檯燈，一連好幾天回鄉奔喪，沒到學校去，心情也變得懶洋洋的。

「妳現在正是要加緊用功的時候！能唸現在這間初中，媽媽很引以為傲，但接下來的高級中學聯考，更要努力才是！」媽媽平常耳提面命的「教誨」，更讓淇淇對著明天的課表嘆了口氣。

「回阿嬤家這幾天，妳也要每天打電話給班上同學，問她們學校進度教到哪裡了！」當然，類似的叮嚀淇淇都聽進去了。

在阿嬤辦喪禮的這段期間，即使家裡滿是誦經念佛的聲音，淇淇也不忘每天都坐到桌前兩小時，認真溫習功課。並不是她特別愛讀書。而是她知道，自從爸爸離家後，媽媽對她的關愛與寄望都比以往更深。

「媽媽只有我一個女兒，一定要爭氣！爭取好成績，不要讓人家看扁！」平常文靜溫婉的淇淇，其實有著不服輸的個性。她總是默默的把這番話放在心上，自我鼓勵，非常拼命。

只是，剛從阿公家回來的這幾小時，淇淇很明顯感覺到自己心神不寧，心臟也噗通噗通的狂跳。

「總感覺……好像有什麼不好的事情要發生了。」整個家冷清清的，隱約聽到新開發的地區傳來汽車奔馳的聲音，淇淇嘆了口氣，清秀白淨的圓臉掛著愁容。淇淇勉強翻開書本，想預習一下明天的功課，但眼前課本上的字體，好像個個長了腳一樣，調皮又浮躁的在眼前跑來跑去。

「叮鈴！叮鈴鈴！」電話鈴聲突然響了，把淇淇嚇了好大一跳。她總算回

過神，急忙跑到客廳去接電話。

「喂！淇淇呀？妳終於回台北啦！」原來是班上的好姊妹小貞，她留著一頭超級短髮，是班上的大姐頭，個性爽朗又貼心，特地打電話來關心淇淇。

「真的是妳啊！太好了！我還在想妳應該回台北了吧？」小貞劈哩啪啦的說。

「妳怎麼不主動打給我呢？」

「嗯……」淇淇想起自己剛失去阿嬤，早上又聽到阿公下落不明的消息，心裡亂糟糟的，面對小貞開朗又熱情的詢問「攻勢」，她感覺更力不從心了。

「淇淇？喂？妳有在聽嗎？沒事吧？」

「沒事、沒事！」淇淇咬牙，勉強打起精神答著。

「沒事就好！」少根筋的小貞，真的以為淇淇心情不錯，還聊了一會兒自己的暗戀對象，才把話題兜回來。

「我怎麼說到這裡了！」小貞三八的大笑道：「我打電話是要告訴妳，明天早自修要考國文第四課，還有數學也要小考喔！」

「國文？數學？」聽到這裡，已經非常疲憊的淇淇，彷彿受到了刺激，一瞬間睜大眼睛，連忙拿出紙筆記著。

「喔！謝謝妳，不然我一定會考得很差……」

「什麼啦！」電話那頭的小貞似乎沒在聽，拉長了聲音。

「爸爸，我在跟我同學講電話，你不要吵啦！」

原來，小貞已把電話拿開，正在跟小貞爸爸對話起來。

話筒那頭遠遠的傳來小貞爸爸的聲音。

「這麼晚了，還打電話給同學啊？」

「我們感情好嘛！」小貞撒嬌的說道。

「真是的，好吧！小ㄚ頭，別打擾人家，廚房有爸剛煮好的魚丸湯，來喝一碗！」

小貞爸爸的聲音低沉渾厚，充滿慈愛的叮嚀，更牽動了電話這頭淇淇的情

緒。

「好啦！囉唆耶！」小貞似乎還在跟爸爸還嘴。

「啊！對不起喔！淇淇，喂？剛剛剛我爸來找我啦！」

「真好，爸爸在等妳喝湯呢！」淇淇由衷的羨慕起小貞。

「沒什麼啦！下次來我家玩啊！」

充滿溫馨的邀請，聽在淇淇耳裡卻反而感到更加落寞。

她深深吸了一口氣，故作開朗的回答道。

「謝謝小貞！還好妳打來，我也要去準備明天的小考了。晚安喔！」

「哈哈！好姊妹，這是應該的！明天見喔！」

淇淇聽著小貞爽快掛掉電話的聲音，壓抑在心裡的情緒也隨著眼淚一起宣洩出來。

「以前，我也會和爸爸一起吃宵夜……」淇淇抹去眼淚，望著空蕩蕩的客廳。美麗的進口原木餐桌旁，彷彿還縈繞著一家三口過去愉快的身影。

淇淇的視線移到門口，回憶中湧現出爸爸提著行李箱氣憤出走的模樣。媽媽一滴眼淚也沒掉，而是追到門邊猙獰大吼。

「你儘管走啊！我一個人也可以把淇淇照顧好！你等著看好了！別回來求我！」當時，淇淇抱住了媽媽，她痛苦嘶吼的模樣，讓淇淇的心底裂開了一個大洞。即使事情已經過去兩三年了，淇淇仍會感覺心裡的那個洞像新生的傷口般，隱隱作痛。

淇淇打起精神，走回書桌前。這個房子現在只有她和媽媽了，所以她也要爭氣點、獨立一點，更要好好讀書。

「媽媽現在也在公司加油……所以，我也要加油。」淇淇揉了揉濕紅的眼眶，翻開了課本。

晚間十點，旺虹成衣廠的燈還亮著，從女工到董事長助理，沒有人擅離職守。在政府的大力鼓勵下，台灣正急速發展紡織業與成衣業，像旺虹成衣廠這

樣大型的公司，更是一天輪三班，機器從早轉到晚，拼命的製造出外銷到各地的成衣、手套、帽子與服飾配件。

旺虹的董事長，是個美麗堅強的女性，她平日獨立扶養女兒，卻也對公司上下要求很嚴格。這天晚上，公司的訂單出了問題，剛回鄉下奔喪的董事長更是直接趕回公司處理。

「董事長來了！」一名工廠的助理慌慌張張的跑進辦公室。

「不會吧……還真的來了喔！她都不用回家顧小孩嗎？」成衣廠的老幹部一臉疲態，旁邊的年輕助理立刻示意他別說了。

走廊上傳來響亮又急促的高跟鞋腳步聲，充滿氣勢。這個人就是淇淇的媽媽，洪董事長。

「董事長好！」辦公室裡的眾人全都慌忙離開座位，站到走道上。

「大家不要擅離座位。」洪董事長一頭烏亮的波浪捲髮梳得高高的，瀏海是優雅的側分，卻遮掩不住疲憊的神色。

她冷冷的眼睛掃了辦公室一眼，擦著妝粉的臉上滿是不悅。

「才幾天不見，辦公室怎麼這麼亂呢？助理，現在情況怎麼樣了？」

助理立刻戰戰兢兢的一個箭步湊上前。「報告董事長……訂單正在連夜加趕中，只是，今晚可能沒辦法檢查完所有的瑕疵品，我們又有一台機器故障了……」

「那我也來幫忙檢查吧！」董事長蹙起眉頭，毅然脫下了時髦的大衣，往椅子上一披。

「全都聽好。」她嚴厲的環視著辦公室裡的各個幹部們。

「今晚全都下工廠幫忙出貨，等這事情結束，我再一個一個追究責任。」

「是，董事長！」幹部們面面相覷，隨即緊張的動作起來。

「動作快點。」董事長也直起腰板，戴上女工手套，進廠房幫忙。

她不但動作俐落，眼神更是專注得炯炯有神，彷彿清澈而冰冷的水晶。員工們看見董事長的認真模樣，全都警醒起來。

04. 阿公一個人住

淇淇睜開眼時，窗外的光線正滑過她的睫毛，透白的窗簾紛飛，整個房間都是陰雨綿綿的灰藍色，看來大台北的春日天空又開始不穩定了。

淇淇一醒來的首件事，就是關心媽媽回來沒。

老實說，最近這一年來，媽媽不但自動加班的時間變長許多，回家也總是很疲累的模樣，加上前陣子在阿嬤家心神不寧的表現，更令淇淇那顆敏感的心擔憂不已。

「昨晚工作到很晚，不曉得回家了沒……」淇淇披著外套走到客廳，桌上擺著淇淇愛吃的油條與燒餅早餐，還放了張紙條。

這是買給妳的早餐。媽回去工作了，不用擔心媽，剛剛回家洗個澡、吃了點東西，繼續回公司監督訂單。上學要帶雨具喔！媽媽會去接妳放學。

七點十分，媽留。

淇淇對著字條乖巧的點了點頭，老實說，這還是媽媽第一次忙到通宵，她應該也沒有回床上睡覺，就直接出門了吧？

「媽媽的字條裡沒有提到阿公……不知道她和舅舅他們聯絡了沒？」淇淇心裡還在掛念下落不明的阿公。

不過，她知道媽媽根本也沒有心力去擔心阿公了。

「媽媽光是忙工廠就夠累的了，不如我打個電話回去吧？」

穿戴好制服後，淇淇緊張的站到電話機前，聽到的卻是舅舅阿平憂心的聲音。

「嗯！這個嘛！」阿平舅舅起先是支支吾吾，最後也只好老實答了。「其實，阿公還沒回來……」

「咦？阿公一個晚上都沒回家嗎？到底去哪裡了？」

「我不曉得他晚上回家了沒，我們昨天都沒有人在老厝這裡過夜。唉！大家都有各自的事情，我今天一早趕來老厝，還是沒有看到他。」阿平解釋道。

「鄰居和警察也在幫忙找，但這裡畢竟鄉下地方嘛，路都很廣，別鎮的人我們也不認識，很難馬上找到阿公。」

「真是的……」一向文靜的淇淇，語氣也不禁急了起來。

「怎麼會這樣呢……」

「唉！我們也不曉得為什麼呀！阿公明明前幾天都很正常呀！」阿平舅舅聽起來苦惱又焦躁。

淇淇覺得這整件事情真是太奇怪了，阿公雖然喜歡趴趴走，卻不是一個會令兒孫輩擔心的人。

聽見了淇淇在電話這頭的沉默，阿平舅舅連忙回應道：「唉呀！淇淇，別擔心，這是我們大人的事情，我們今天也會繼續打聽阿公的下落。阿公知道淇淇這麼關心他，一定會回來的。」

阿平舅舅那句話聽來不像在安慰淇淇，反而像在安慰自己。淇淇聽了，只是覺得更無力了。

阿公究竟是怎麼了？他是不是有什麼事情瞞著大家，怎麼都避不見面呢？

這天，即使淇淇到學校，像以前那樣坐到了課桌椅上，聽老師講課、也完成了小考，但淇淇的心裡卻一直在想著阿公的事情。

「阿嬤出殯前一晚，我做的那個夢……是不是想告訴我什麼？」淇淇想起阿嬤在夢中的那句「要照顧阿公喔」，心情沉甸甸的。

好不容易熬到放學，淇淇正要收拾書包，便看到班導師一臉憂心忡忡的走來。

「家裡還好嗎？今天上課很不專心呢！」這句話要是給媽媽聽到就慘了。面對導師的「特別關愛」，淇淇緊張得連連搖頭。

「沒有啦！因為阿嬤剛過世，還很想念阿嬤……」淇淇連忙編了個理由，想趕快脫身。

「是這樣啊……」班導師露出心疼的笑容。

「阿嬤一定會在天上守護妳的。」

「還請老師不要告訴我媽媽，我明天上課會更專心的！」淇淇連忙哀求，深怕媽媽和老師又因此小題大作。

因為自從媽媽離婚後，老師已經打過好幾通電話到家裡「關心」，有一次媽媽還對著電話板起臉孔，冷冷的說：「妳是在說我不會教育小孩嗎？」嚇得淇淇從此以後都戰戰兢兢的在學校力求表現，不希望老師和媽媽再起衝突。

好不容易把老師「打發」走，淇淇感覺有點昏眩，這兩天來承受的課業、親情壓力，更讓她好想流淚。

「淇淇，今天上課順利嗎？」一臉疲態的媽媽來接她放學了，淇淇露出笑容，說一切順利。

「媽媽的工作呢?還好嗎?妳有沒有休息？」淇淇張著黑亮而純真的雙眼

皮大眼問著。

媽媽露出了苦笑。

「工作暫時是勉強過關了，不過，我還得想辦法收尾。對了，妳今天早上還打電話給舅舅了吧？」

淇淇點了點頭。

沒想到，媽媽卻換上一張截然不同的擔憂臉孔。

「唉！淇淇，雖然妳是好意，不過別讓舅舅知道我熬夜工作的事情哦！這樣他們一定會覺得我是個不稱職的媽媽吧……像之前妳的班導師也特地打電話……」

「我知道了！媽媽，我沒有跟舅舅說什麼啦！」

淇淇依舊是懂事又貼心的安撫媽媽，只是這次，心底卻升起一股深深的無力感。

明明是阿公不見了，媽媽卻只關心工作、關心別人眼中的她是否為「稱職

的媽媽」……為什麼眼前的媽媽，變得這麼自私呢？

淇淇握緊書包的背帶，感覺胸口有股熱流，一股勁衝上了腦門。她的臉孔也因怒氣而扭曲了。

「媽媽，我今天也不回家了。」淇淇望著遠方的天空。

「咦？什麼意思？」媽媽猛然轉過頭。

「我今天不回家了，明天也不上課了！」淇淇清澈而堅決的眼神，直直的望向媽媽。

「在回苗栗找到阿公前，我不回家，也不上課了！」

計程車上，媽媽苦惱得皺起眉梢。

「淇淇，妳這不是在找媽媽麻煩嗎？媽媽可沒辦法陪妳一起回苗栗啊！現在公司……」

「媽媽，我都已經十四歲了，我可以自己回苗栗。」淇淇露出理性而成熟

的淺笑。

雖然身上還穿著白襯衫黑裙子的學生制服，也揹著書包，但淇淇這種堅定的神情，反而像個懂事的小大人。

「媽，我今天一整天，根本沒法專心上課，腦子裡都在擔心阿公，所以，我一定要好好見阿公一面才能安心，何況，苗栗和台北也不遠啊！」淇淇眨眨眼睛。

「我又不是要去很遠很遠的地方！」

「好吧……」媽媽嘆了口氣。

「妳想回去找阿公，也是一種孝心……那這樣吧！我打電話請舅舅去苗栗車站接妳，妳晚點也別忘了打電話回公司跟媽報平安喔！」

淇淇用力的點點頭。

媽媽送淇淇到火車站買票。

由於是下午三四點，月台的人還不算太多，車廂也不至於人擠人。淇淇綁著馬尾、隻身走過月台的輕盈身影，讓媽媽感到心疼又慚愧。

「這個女兒，比我還關心我自己的爸爸啊……」

這時，進入車廂的淇淇淺笑著，透過窗玻璃跟媽媽揮了揮手。

而當舅舅阿平接到媽媽從台北打來的電話時，他也非常驚訝，連忙驅車前往車站接淇淇。

淇淇只披了件深藍色的制服外套，在黃昏的天色裡坐上舅舅的車。

苗栗的天氣乾爽，空氣澄澈，淺淺的白雲如山脈般展開，隨著夕陽的金輝在高空飄動。在金色的雲海下，已經播種完成的稻田，往四面八方捲開。眼前開闊的視野，讓心情瞬間舒緩了起來。

舅舅的貨車載著淇淇，回到阿嬤與阿公的老厝。

小綠木窗配花玻璃，曬穀場的籬笆前，爬著枯萎但依舊美麗的牽牛花。厝內一片寧靜，路過的人一聽就知道這房子裡幾乎沒住幾個人。

淇淇感到一陣悲涼。

「阿公就算回家，屋裡也只有老黃狗和後院的幾隻雞陪伴，大概很孤單吧……咦！等等，雞……」

她飛快的跑到後院，留下舅舅在後頭緊張的追問。

「淇淇呀！怎麼啦？」

後院的雞舍裡，十幾隻雞正懶洋洋的啄著地上的米，看到淇淇過來時，吃得飽飽的牠們連叫都懶得叫。

淇淇的臉上泛起笑意，回眸對舅舅高聲說：「舅舅，阿公回來過！這些雞也有人餵呢！」她又指了指跟到身旁的老黃狗阿輝。

「阿輝看起來也精神很好，並沒有餓到肚子！」

舅舅暫時鬆了口氣，卻也有些生氣。

「唉！妳阿公也真是的，怎麼不回個電話給我呢？已經快三天沒見到他的人影了！到底為什麼避不見面！」

聽到舅舅這麼問，淇淇決定順便問清楚前幾天的狀況。

「舅舅，阿嬤出殯的那天，阿公有特別做了什麼事嗎？」

「沒有啊！很正常啊！他有說他想整理阿嬤的遺物……但妳媽媽和我怕他看到那些遺物會傷心，早就先處理掉了。」

「處理掉？」淇淇瞪大眼睛。

「嗯！我有跟妳阿公說過啦！他也說好。」舅舅摸了摸他平整的小平頭。

「妳問這麼多，是想當小偵探啊？」

淇淇很想找出阿公如此反常的原因，當然得追根究柢，但沒等她問完，阿平舅舅就跑到客廳接聽電話了。

很顯然，大家也都想關心阿公的狀況，才會打電話到這裡來。

淇淇走進紅瓦厝的另一端，迎面而來的是一堆放在走廊上的雜物。

原來那都是些阿嬤的遺物。

包著大紅花布的梳妝台、貼有電影明星畫報圖案的小圓鏡，還有幾疊阿嬤

的舊衣服。

「咦！這些東西我記得都拿出去丟了，怎麼還在這裡呢？」舅舅阿平遠遠的問道。

「原本都用繩子綁著、拿到倉庫去了，怎麼會在這？」這下淇淇明白阿公這幾天都在做些什麼了！她飛快的奔進後院的倉庫，用力的推開鐵門。

有個人影在裡頭搬著重物。

「你是誰？在那裡做什麼？」後知後覺的舅舅指著倉庫，緊張的掄起牆角的舊球棒。

倉庫裡的人影彷彿在裡頭待得太久，當門縫湧進刺眼陽光時，他還防備的遮起眼睛。

「阿公！」淇淇心疼的朝那個人影大叫。

阿公滿臉灰塵，表情憔悴的望向淇淇，手裡還拖著一個大書架。

淇淇認得那個書架。那是阿嬤生前親手修補過的木頭書架，上頭還曾經放過她最愛的圖畫書呢！

「害我驚一下。」阿公操著氣喘吁吁的台語。

「阿平，你們把這些東西全都搬到倉庫幹什麼？這都是你阿母生前最愛的東西……我有說可以丟嗎？」

阿平舅舅彷彿從夢中驚醒，露出恍然大悟的表情。

「爸……難道你這幾天都在倉庫這裡嗎？為什麼不接電話？大家都在找你耶……」

「在這裡工作得乒乓作響的，哪聽得到電話聲？」阿公的臉上沒有憤怒，只有滿滿的無奈與疲倦。

「你們把你阿母的衣服和梳妝台載去垃圾場了吧？我還得騎腳踏車去北鎮，跟人家拜託半天才要回來……這幾天差點給累死。」

阿平舅舅大嘆了口氣。

「可是，爸，你自己說清出去沒關係的啊！」

阿公沒有回答，只是靜靜的繼續做著手邊的工作。

他長滿厚繭的雙手一遍遍的拿著抹布擦拭著阿嬤親手修補過的家具，認真而專注的側臉表情，帶著深深的落寞。

原來，自從舅舅和媽媽把阿嬤遺物清空後，阿公這幾天一直忙著把這些遺物「恢復原狀」，甚至騎腳踏車到很遠的鄰鎮，早出晚歸，難怪沒什麼人看到他的蹤影。如果沒有特地走到這個黑暗的後院倉庫，或許，一直都不會有人發現阿公就在這裡吧！

想到這邊，舅舅也不禁鼻酸了。

「爸……以後，跟我們說一聲就得了……我有貨車，可以幫你把東西載回來呀！」

「你們平常都要工作，我自己一個處理就可以了。」阿公頭也不回的繼續擦拭著阿嬤的遺物。

「好啦！別在這邊礙手礙腳。」

淇淇知道，阿公只是想要阿嬤的陪伴而已。這並不是什麼奢求，然而，舅舅和媽媽的「效率清空」，卻把阿公的心情打亂了。

「沒事了，舅舅。」淇淇望著鬆了口氣的舅舅，露出了笑容。

她轉過頭，倉庫裡停著天藍色的那輛腳踏車，把手和龍頭恰巧斜擺著，好像正在歪著頭，瞧著淇淇微笑。

淇淇想起阿嬤出殯前的那個夢，阿公就是用這輛腳踏車載她去廟口看布袋戲的。當時，那輛嶄新的腳踏車，一路用金屬的響鈴發出愉快的叮噹聲，而阿嬤也在後方笑著對他們揮手道別……

「阿公……」淇淇輕輕撫摸著那輛藍色腳踏車。

「您再帶我去廟口看布袋戲，好不好？」

05. 廟口看戲

阿公踩著斑駁的天藍色腳踏車，穩穩的將淇淇載到廟口。望著夜色中的田邊綠意，淇淇的心情也不禁輕盈了起來。

阿公穿著白衣衫，背部微微透出汗水。

淇淇回想起小時候也曾這樣被阿公載著，當時的他們很快樂、很自在，不像現在的阿公，鬱鬱寡歡。

「希望阿公能打起精神。」淇淇心疼的許願道，不曉得廟口的媽祖能不能聽到呢？

晚間時分，廟口的香氣撲鼻。媽祖廟前方自古以來就是個瀰漫著老街風情的商圈，日治時代的洋樓林立，各個食物攤車與廟口小吃的香味交雜在一起，讓淇淇感覺飢腸轆轆。

廟口週圍鋪著溫暖的方黃地磚，老街上的人潮越來越多。穿梭其中時，淇淇感受到這裡人們的步伐更加從容自在，跟大都會裡的人們那種倉促的感覺不同。雖沒有時髦的玻璃高樓與鮮艷霓虹燈光，這裡的攤位也都矮矮小小的，卻也感覺跟人更加親近。賣蚵仔煎的、炸粿的、爆米香的老闆，全都俐落的忙著客人們的晚餐。

街上掛著長串的紅燈籠，也把阿公那張沉默寡言的臉映照得活力盎然。

「叭噗——叭噗——」賣冰淇淋的喇叭聲引起淇淇的注意，只見老闆風塵僕僕的將車停在路邊，打開機車側邊的鐵製活動小冰庫，一群穿著制服的女孩立刻開心的圍了上去。

淇淇注意到她們只比自己年齡大了一兩歲，全都穿著省竹女的白衣黑裙制服。這種制服雖然和她心目中的北一女學校制服有些不同，卻也樸素好看。

望著那些大姊姊們自信愉快的模樣，淇淇不禁想起了她在台北的學業，心情沉重起來。

隨著遠方響起的鈸鑼奏樂，路人們也紛紛露出興奮的神情。

「好戲開鑼啦！」幾個陌生的男孩擠過淇淇身邊，雀躍的朝廟口搭建起的一個帆布大戲台跑去。

戲台上雖然空空一片，但當背景的山水庭園布幕已經提前掛出來了。

淇淇也不禁加快了腳步。

「阿公，那是我們等一下要看的戲嗎？」

阿公牽著腳踏車，不疾不徐的回答：「是呀！不過今天是禮拜三，禮拜三沒有布袋戲，都是歌仔戲。」阿公大概誤以為淇淇只想看布袋戲，語氣中還帶著些歉意。

「我也喜歡歌仔戲！」淇淇連忙提高聲調，要阿公放寬心。

「那阿公先買個東西給妳吃吧！不要走遠喔！現在人很多。」說完，阿公便輕輕推著腳踏車，走到淇淇小時候最愛吃的炸粿店面前。

微微駝著背的阿公，頭髮灰白斑斑，神情也有些疲倦，看樣子似乎在這幾天內衰老了不少，但他仍把淇淇當作小女孩般呵護，甚至又多排了一會兒隊，裝了碗青草茶走來。

淇淇則是聰明的跑到台前佔位子，她自己佔了把有點歪斜的木椅，另一把讓給阿公。

此時，後方已經是人潮洶湧，不少剛忙完農活的年輕爸爸，把家裡的孩子放在肩上，等著看戲。

他們臉上迎著戲台的金黃色光芒，眼神閃亮亮的，洋溢著單純的幸福。

「我也好久沒跟阿公一起看戲了……」淇淇輕鬆的想著，嘴角掛起笑容。像這樣和阿公一起坐在露天的戲台，被眾人和樂聲包圍，讓她想起無憂無慮的童年，心情也輕鬆不少。

歌仔戲的音樂不曾間斷，震天價響的鼓、鈸與嗩吶交相演奏，讓觀眾的心情沸騰不已。

不一會兒，舞台上就出現了一個鼻子鋪著白粉的丑角，先是跟大家問好，最後帶出了今晚的劇目「梁山伯與祝英台」。

「唉呀！不該看這戲的……」阿公對淇淇苦笑道，又摸摸她的頭。

「什麼意思？這戲不好看嗎？我從沒看過耶！」

「好看、好看！」阿公皺著眉笑笑。

「既然淇淇沒看過，我們一起再看一次吧！」

「哦！是阿雍伯啊！這是誰啊？您孫女？」看戲的過程中，不停有人來跟阿公打招呼，淇淇一開始覺得很厭煩，但後來也換了張笑臉，跟這些熱情的陌生人們打招呼。

阿公幾乎認識整個鎮上的人嘛！大家紛紛慰問起阿嬤出殯的事情，搞得淇淇一陣緊張，生怕阿公又難過起來。

所幸阿公又恢復沉默內斂的模樣，一一友善的回應大家的關心。

「我自己也可以過啦！不勞你們擔心！」

「是啊！有你的孫女在，也有人陪啦！」

大人們三不五時就提到淇淇，但一提到這位小孫女，阿公總是果斷的回應道：「她也要回台北唸書啦！今天是擔心我，特地下來的！以後可不能再讓她這樣啦！現在的囝仔還是乖乖讀書卡要緊。」

淇淇感到一陣心酸，明天她回台北之後，阿公就真的是一個人了吧？即使去哪裡做了什麼，也不一定會有人陪伴，可能又會因為躲在倉庫整理東西、而被別人誤會失蹤吧？阿嬤走了，阿公真的就是一個人了。

而淇淇非常明白「一個人」這件事是多麼「可怕」。

因為當媽媽不在家時，她每晚都是一個人呀！一個人做功課，吃早餐，搭車上學，有時候還得一個人回家、吃晚餐……

而阿公，也是一個人。

一個人騎著腳踏車去做回收、一個人整理倉庫，一個人餵雞、一個人上街買東西。

一個人看戲……

想到這裡，淇淇感覺胸口彷彿被什麼堵住了。戲台上的女主角祝英台一身男裝，瀟灑登場，把淇淇鬱悶的心情暫時驅走了。跟著眾人一起拍手叫好，她這才發現俗稱「梁祝」的「梁山伯與祝英台」，其實是一齣悲劇的愛情故事，

中間的轉折很冗長，大概是因為舟車勞頓，淇淇竟然打起瞌睡來。

等到張開眼睛，戲已經進入尾聲。台上只剩祝英台一個人，對著梁山伯的墳墓哭喊。

「誰知我白衣孝服到南山，哭天喚地喚不回……」恢復女裝的英台，跪倒在梁山伯的墳前唱道。她披麻帶孝的模樣，看起來與前幾天剛辦完喪事的淇淇親戚們非常相似。

看著台上相愛的兩個角色，如今卻生離死別，現場觀眾一片愁雲慘霧，大家的表情全都非常悲悽。

而阿公的眼中竟然也湧出淚水，哀傷的望著台上。

這還是淇淇第一次看見阿公這麼難過的模樣。在台前的一個小角落，阿公的臉龐迎著舞台的燈光，老淚縱橫。

台上的英台仍哭跪在情人的墳前，唱道：「姻緣簿上無名份，不能同寢求同墳……」

大概是想起了已死去的阿嬤，斗大的淚水不斷從阿公眼眶中滾落，他強忍著情緒怕自己哭出聲，默默的緊握住拳頭，指甲都被自己捏得發白。

大家的目光全都投向台上演員，沒有人發現這個年過花甲的堅強阿公，正微微顫抖著，靜靜的用他自己的方式宣洩著喪妻之痛。

淇淇再也看不下去了，伸手握住阿公的手。

「阿公……」淇淇伸出小巧白皙的手指，輕輕的打開阿公的拳頭。

阿公有些尷尬的瞥過頭，抹掉眼淚，蹙了蹙有幾分威嚴的眉梢。

「對不起呀……阿公顧著看戲，看得傻了……」阿公微微滄桑而哽咽的聲音勉強辯解著。

淇淇理解的點點頭，沒有再對阿公多說什麼。

她只是靜靜的握住阿公的手。淇淇轉過頭，望向身後那一群穿著省竹女制服的高中女孩，心中已經做了個決定。

散戲了。祖孫倆在廟口吃完了飯，一起牽著天藍色的腳踏車，一路慢慢的走回家。

淇淇嘴裡還有剛剛廟口蚵仔煎的香味，吃飽喝足的她，腳步輕快而自在。跟大都會不一樣，鄉間的黑夜總是特別的黑，又黑得特別的美，襯托出美麗的銀色星空。

遠處只有幾根木頭作的路燈，散發出淡淡的光芒。

雖然田野間的夜色漆黑，但有阿公在身邊，淇淇並不害怕。

「明天幾點的火車呢？」阿公幽幽的問。

這真是個大哉問。淇淇愣了一下，原本醞釀了好久的話也吞到嘴裡。

「這兩天，真對不起你們母女……還讓妳這個孫女特地回來找我……」阿公愧疚的撇過臉去，似乎是神情有些落寞，不想讓淇淇瞧著正著。

怎麼感覺阿公希望她趕快回去似的？淇淇知道阿公一定又在逞強了。

沒錯，在阿嬤的葬禮沒掉一滴淚、表面上平靜沉穩得像夏日藍天的阿公，

其實一定一直都在逞強吧！

獨自搬回阿嬤的遺物後，雖然阿公什麼都沒多說，卻在看歌仔戲時想起了失去老伴的悲傷，所以才會哭得那麼傷心……

看著前方阿公牽著腳踏車、微傾肩頭的高瘦背影，淇淇快步的追了上去。

「阿公，我搬回鎮上，跟你一起住好不好？」

阿公瞪大了眼睛，彷彿不敢相信自己聽見的話。

「我搬回來跟你一起住好嗎？阿公。」淇淇再度鼓起勇氣，抬頭爽朗的說道：「我可以讀這裡的初中，然後去考省竹女，不一定非要在台北讀書呀！」

聽到孫女這一連串的「未來規劃」，阿公急忙苦笑道：「怎麼能讓淇淇犧牲自己的前途，跑到這麼鄉下的地方……況且，妳媽媽一定會不高興的，妳媽媽可是很希望妳考北一女的……」

阿公說出這些阻擋的話，幾乎動搖了淇淇的信心。她激動的鼓著腮幫子，注視著阿公那張黝黑而滿是風霜的臉龐。

阿公的眼神充滿疑惑，但淇淇看得出來，阿公其實心底也很希望自己留下來。淇淇深深吸了一口氣，把埋藏在心中好久的話都說了出來。

「阿公……其實，我在台北過得很不是很好，老師好，同學好，可是媽媽太忙，爸爸也離婚，有自己的房子了。平常，我想到同學家做功課，但有什麼心事也不能跟他們說，更不可能跟老師說……」淇淇想到了自己的委屈，眼眶泛紅。

「因為老師……一定會怪媽媽，說她是單親媽媽，所以沒辦法照顧我……每天媽媽忙工作的時候，我都自己一個人……我，我跟阿公是一樣的啊！」

淇淇哭得哽咽，哀傷的反問道。

「既然我跟阿公都是一個人住，為什麼不能住在一起，互相照顧呢？」

淇淇不願在路邊嚎啕大哭，連忙自己抹掉淚水。當她認真的注視著阿公的雙眼時，阿公眼中的疑惑，也轉而震驚、訝異。

他從不曉得孫女過得這麼孤單。

「阿公……我搬回鄉下，一點都不會不好，書還是可以讀，還有阿公陪，一點都不會不好！我可以跟你一起住……」淇淇深怕阿公再度拒絕自己，這時已經止不住眼淚，而她的字字句句，也撼動了阿公的心。

阿公那雙充滿溫柔的細長眼睛瞇了起來，因為心疼孫女，眼眶也再度溼潤了。

「淇淇乖……」他用安撫柔軟的語調說道，摸了摸淇淇的頭。

夜間鄉野的寂靜再度包圍了祖孫倆，隱約可聽見春夜的淺淺蟲鳴。

淇淇擦去眼淚，而阿公已經背向她，伸手牽起一旁的腳踏車。擦得發亮的金屬龍頭，發出一閃一閃的活潑光芒，好像在鼓勵著淇淇。

而面對淇淇的願望，阿公也終於做出了回應。

「淇淇呀！等到明仔載，我們一起跟妳媽媽說吧！」阿公用台語說著，回頭淺笑。這一個笑容，讓淇淇打從心底溫暖起來。

「嗯！好，我們明天一起跟媽媽說。」淇淇興奮的高聲回答道，而阿公也

沉穩且篤定的點了點頭，繼續邁開步伐。

淇淇感到心中的陰霾都瞬間豁然開朗了。

抬起頭，只見滿天的星辰往天地四方鋪蓋而去。彷彿沒有盡頭似的，深藍色如珠寶盤般的夜色，靜謐而溫柔的擁抱著這片鄉野。

寬廣的銀河與星海是那麼崇高又璀璨，一閃一閃的彷彿在對祖孫倆眨眼睛；也彷彿在告訴淇淇，一切都會沒事的。

06. 神祕的美少年

沒回去台北上學，淇淇心底有些小小的罪惡感。但等天色一亮，聽著雞啼起床時，淇淇的心情卻感到煥然一新。廚房傳來叮叮咚咚的鍋鏟聲，一陣青蔥炒蛋的香味飄進古色古香的老厝房間。淇淇意識到，自己真的是要來這裡生活了，連空氣聞起來都特別新鮮。

「阿公早！」

「早，淇淇。」阿公有條不紊的轉動鍋鏟，笑得瞇起雙眼。

「浴室裡放了一鍋熱水，先去洗臉。搬瓦斯的要中午才會來我們村裡。」阿公家用的還是灰色桶裝的天然瓦斯，不過昨晚瓦斯已經用光了，來不及叫新的替換，阿公便把大鍋子搬到老灶坑上頭，直接燒柴煮水。淇淇倒是覺得這個方式很新鮮，迫不及待的把熱水舀出，沾濕毛巾洗臉。

才剛洗完臉，電話就來了。

「喂？淇淇？什麼時候回台北？妳班導師剛打電話來問了，要趕快跟上學校進度！不可以隨便曠課哦！」聽到媽媽緊迫盯人的嗓音，淇淇胃都痛了。

阿公默默的從後頭伸出手接過話筒，一把解救了淇淇的窘境。

「淇淇說她在這裡先休息一陣子，先聽聽孩子的話，不要急。妳再跟淇淇好好說吧！」伸手接回話筒，淇淇這才發現阿公也一臉為難。

「唉！好吧！媽媽今天忙完工作，就到苗栗找妳，我們好好談談。」媽媽總算放過淇淇一馬。

「是啊！電話也說不清楚，還是親自來一趟好。」阿公點點頭，溫和的看著淇淇掛上電話。淇淇有氣無力的拉住他的袖子。

「阿公，要是媽媽拒絕怎麼辦？我真的想留在這裡啦！」

「唉！只怕阿公拖累妳……」看見阿公露出複雜神情，淇淇連忙接腔道：

「才不會呢！我搬來鄉下，是阿公陪我作伴，又幫忙照顧我，怎麼會是您拖累我呢！」她刻意俏皮的眨眨眼。

「我反倒覺得是我拖累阿公呢！」

「唉呀！賣安捏共啦！」阿公一緊張又操起台語，憨厚的模樣把淇淇逗笑了。

「好吧！就別再說什麼拖累不拖累的，今天妳媽媽來，我們一起好好跟她解釋。」阿公像是終於下定了決心，繼續走進廚房炒菜。

又白又綿的稀飯已經在陶鍋裡翻滾，就快可以上桌了。此時，綠色木窗外閃過一個人影，淇淇立刻機靈的跟了出去。

「阿輝，你有看到剛剛的人影吧？」一奔到後院，淇淇立刻悄聲問著牆角邊伸懶腰的大黃狗。阿輝懶洋洋的在日光下翻了個身，用鼻子推了推放狗食的碗。

「真是的，萬一是小偷怎麼辦，你這個老骨頭，滿腦子只有食物……」淇淇忍不住數落了阿輝幾句。牠就像是個笑呵呵的老阿伯，一臉的不在意。

「啊……」淇淇這才看清楚，後院倉庫旁的確有個人影。是一個瘦削的身影，一身簡單的圓領藍衫，穿著半長不短的灰褲子，模樣看起來很年輕。

眼看陌生人正要伸手去摸阿公的天藍色腳踏車，淇淇緊張的喊道：「喂！

你在那邊做什麼？」那個陌生人冷冷的回過頭。

是個五官清秀俊美的短髮少年，髮根削得乾乾淨淨的。男孩微微皺起一雙濃眉，他看起來沒有惡意，卻也不好親近。被一名年長好幾歲的陌生男孩盯著看，淇淇感到一陣緊張。

「你……你摸我阿公的車子做什麼？」她勉強從喉間擠出幾個字。

少年露出苦笑，二話不說的放開腳踏車，朝淇淇走來。

淇淇緊張得不敢動，突然才想起要喊阿公。

「阿公！這裡有人……」

「別擔心。」少年出聲，剛過變聲期的低沉嗓音輕柔的響起。

「我這就走了。」

「什……什麼嘛！」淇淇往前邁了一步，正巧和要走向曬穀場的少年擦過肩膀。少年對她輕輕一笑，像陣風般輕盈的跨出紅磚砌成的大門門檻。他的雙手叉在口袋裡，表情雲淡風輕的。

大概是因為那個不明就裡的笑，淇淇感到困窘又害羞，少年的瀟灑背影更是讓她看傻了。

「什麼嘛……突然跑到人家家裡，是小偷嗎？」淇淇回頭望了一眼阿公停在倉庫外的腳踏車。

腳踏車雖然保養有佳，但畢竟也是將近六七年的老車了，還有人要偷嗎？況且那名少年雖然神態神祕，卻不像是凶神惡煞，難道他真的想偷車嗎？倘若是這樣，黃狗阿輝怎麼反倒看起來一派輕鬆的模樣？

眼看少年已經消失在牆外的漫天綠意之中，淇淇焦躁的用台語大叫。

「阿公！阿公……你卡緊來啦！」

阿公這才後知後覺的推開廚房的淺藍色木窗，探出頭來。

「怎麼啦？發生什麼代誌？」

「剛剛家裏進來了一個很奇怪的人！」

淇淇披散著一頭尚未綁起的頭髮，衝到廚房門口。

「他好像想偷阿公的腳踏車！」

「看來我保養得不錯啊！竟然有人要偷，呵呵呵！」

阿公竟然一臉滿足的笑了，淇淇摸不著頭腦，煩悶的繼續追問：「那個人應該是阿公認識的人吧？」

「是不是想來送廢電器的？阿輝沒有吠，應該是阿公認識的人吧！」阿公看起來並不擔心。

似乎是因為有了淇淇的陪伴，他的表情也比前幾天明朗許多，炒著菜的身手俐落而愉快。

淇淇真是搞不清楚，阿公怎麼讓外人隨便走到院子來也不生氣？她在台北住的是一間門禁森嚴的公寓，都要按門鈴確認個幾次才能進家門的。

沒想到場景換到鄉村，剛剛那名「怪怪美少年」倒是就這樣擅自進來，而阿公和黃狗阿輝竟然一點也不緊張，更別說是激動得想追根究柢了。

「一定是阿公人緣不錯，收破爛的時候認識了很多人，才會有人這樣隨便

跑到後院來。」淇淇暫且做了個結論，阿公聽了，瞇著眼睛笑笑。

「對啦！我每天騎腳踏車到處去，有些人等不及我過去，就會自己拿東西過來了，反正只要阿輝沒叫，都沒問題啦！」阿公爽朗的把頭往窗外一探。

「來，阿輝喔！吃早飯！」

「汪！」阿輝興奮的搖著尾巴衝來，與剛剛懶洋洋的模樣截然不同。

「真是的，有飯吃就這麼開心。」淇淇苦笑著，心裡卻也羨慕阿輝。就這樣被飼養在藍天綠地的環境裡，有遮風避雨的紅瓦厝可以住，又可以到田埂上嗅嗅春天新生的嫩芽，無憂無慮的，阿輝還真是幸福呢！

「淇淇，也來吃飯吧！」阿公端上一盤盤好菜，淇淇也幫忙盛了兩碗稀飯上桌。

在離後院不遠處的一塊小土地上，阿公還種了一些青菜與水果，今天早餐的青菜就是從那裡摘來的。

原本沾滿泥土的青菜，在短短三十分鐘內上桌成了一道道美味佳餚，不管是番茄炒蛋、炒白菜，還有豆瓣醬拌茄子，淇淇都吃得津津有味。

「吃得還習慣嗎？」阿公小心翼翼的望著淇淇的優雅吃相。

「不知道合妳口味嗎？」

「阿公，很好吃啦！」雖然吃相仍是一副大家閨秀的優雅模樣，但淇淇卻滿足的比了個大拇指。

「平常吃膩麵包和果醬了，這種稀飯早餐熱呼呼的，好好吃啊！」

「這樣就好，這樣就好。」阿公滿意的點點頭。

今天稍晚，淇淇和阿公一起去市場採買東西。回程時，阿公突然神祕兮兮的將腳踏車轉向。

這一拐，拐進另一個不知通往何處的彎。

淇淇瞪大一雙水汪汪的眼。

「咦？阿公，我們還要去哪嗎？」

阿公溫和的笑了一聲，雙腳穩健的往前踩踏。

「帶妳去看妳未來的學校啊！」

原來如此！帶著興奮的心情，淇淇享受著迎面拂來的風。阿公不再勸她回台北，而是積極的想讓淇淇快速融入這裡的生活，更讓她非常感動。

深受鼓舞的淇淇，終於看見天際線那一角的校園建築。又小又舊的鄉村初中，讓她的心情有些失落。

淇淇在台北就讀的初中是知名的「明星學校」——是每年省教育廳統計考上「第一志願」比例最高的好學校。不過，大概因為已經放學的關係，眼前的這座學校不但看起來死氣沉沉的，更有一種蕭條而荒涼的感覺。

小小的跑道，小小的球場，老舊的教室，椅子也是普通的大小，寫字桌的木板綠漆已經有些脫落，看起來也不怎麼光滑明亮……跟淇淇以前每天坐的寬敞座位，實在差遠了。淇淇在教室外探頭探腦，一回頭，發現阿公正憂心的望著自己，連忙微笑。

「也許，要花一段時間才能習慣喔！」阿公大概也猜出淇淇的心情，苦笑著說。

「嗯！」淇淇用力點頭。

阿公平靜的環視著校園周遭。

「等今天跟你媽媽談好了，我就來幫妳辦轉學手續。這是離我們家比較近的初中，但只要妳不喜歡的話，阿公可以再找其他地方的學校……」

見到阿公有些落寞又為難的模樣，淇淇連忙插嘴道：「阿公，不用找了，就這間吧！我喜歡這間學校。」

「這間是接送比較方便，如果妳讀這間，阿公每天都會來接妳上下學，也方便幫妳送便當……」阿公仍舊老實的分析著學校的利與弊，想幫淇淇做出適合她的決定。祖孫倆還在交談之際，一張紙迎風飄到淇淇腳旁。

「啊！是從前面的佈告欄吹過來的……」淇淇瞧了瞧校園角落的紅色佈告欄，上方零零落落貼了一些社區與學校的告示。淇淇撿起紙張定睛一看，上頭寫著「感謝匿名善人捐款給本校圖書館，共十萬元。」

十萬元，這可是一般人一個月薪水的好幾倍！到底是哪個大善人有這種能耐，一次給學校圖書館捐了這麼多錢？

「哇！阿公你看……這個人真是太善良了。」淇淇望著紙張感嘆。

「不知道是哪裡來的大老闆。」

阿公也過來望著那張紙，還沒表示什麼，遠方就傳來一個熟悉的呼喚。

「淇淇！爸！」穿著灰色西裝長褲、足蹬高跟鞋的捲髮女性，正是淇淇的媽媽。她在校門口的欄杆邊朝兩人揮手。

「我打電話回家裡都沒人接！問鄰居才說，在學校附近看到你們……怎麼突然跑這來？」媽媽問。

「我帶淇淇到處走走，」阿公用緩和的語調說道。

「也讓她看看未來自己要唸的學校。」

「唉！八字都還沒一撇呢！」媽媽焦躁的撥了撥微捲的波浪瀏海。

「淇淇，妳的老師說我得好好跟她談一談，再讓妳辦轉學。」

淇淇一聽都要胃痛了，雖然知道班導師是「好意」，但她還真的怕老師又和媽媽吵起來。

阿公望見了這對母女的表情，輕輕拍了拍淇淇，又安撫媽媽道。

「大人和大人把話好好說清楚，也是對孩子的一種責任，妳不要給孩子壓力，將來淇淇搬到這裡，我也會負責好好教育她的。」

媽媽一聽到「好好教育」這四個字，眉心又是一緊。

「老實說，我還真不希望你來帶淇淇，省得別人又把我說成一個不負責任的單親媽媽……」

唉呀！看來媽媽的敏感神經又犯了，淇淇用眼神向阿公求救。

「但事實上，媽媽的確沒有好好陪伴我呀……因為，媽媽光是忙工作的事情就已經夠累了……」淇淇只能暗暗在心中叫苦。

阿公嘆了口氣，穿著木屐的雙腳跨回腳踏車上。

「還是尊重孩子的想法吧！淇淇她也有自己的話想說吧！」

「真的嗎？淇淇，妳難道有什麼話想對我說嗎？」經媽媽這麼一問，淇淇反倒更加為難了。

她躊躇半天，什麼話也說不出來。

老實講，她對媽媽早出晚歸的「工作狂」行為很心疼，卻也非常討厭。她甚至感覺媽媽有兩個孩子，一個是她，一個是成衣廠的工作，而後者，老是佔上風……

淇淇盤算著該怎麼說，才不會傷到媽媽的心。

此時，後方走廊來了個人影。

「哦！這不是洪雅惠嗎？」是個矮胖和藹的中年婦女，穿著深紅棉襖，笑得像是冬日裡的太陽般溫暖。被她這麼一喚，原本表情嚴峻的媽媽，突然露出了近鄉情怯的驚喜笑容，就像少女般可愛。

「朱老師！是朱平慧老師嗎？」媽媽真的是笑開了，轉身就朝那個中年婦

女走去。

「啊！阿雍伯也在呀！」朱老師朝阿公點了點頭。

「帶女兒和孫女回學校走走嗎？」

阿公也露出欣喜而明朗的表情，轉頭輕聲向淇淇介紹道：「朱老師，是以前妳媽媽初中的班導師。」

「哦哦！原來如此……朱老師好！」淇淇連忙朗聲打招呼，還得體的朝朱老師鞠躬。

「哈哈哈！漂亮又有活力，妳跟妳媽媽年輕的時候真像！」朱老師高聲笑著，熱情的拍了拍淇淇的肩膀，力道有點大，淇淇卻覺得很溫暖。

「老師，真的好久不見了，沒想到您還認得我！」媽媽口中迸出淇淇很少聽見的「您」字，行為舉止更是充滿青春氣息，與在大城市裡踏著高跟鞋的氣勢模樣完全不同。

大人們正在一旁敘舊。突然間，淇淇眼角餘光瞥見遠方的一個白衣身影。

是早上那個少年！他正淺淺咧開嘴，用略帶傲氣的笑容瞧向淇淇一行人。

「這個傢伙到底要怎麼樣啦！」淇淇嘟起嘴，衝著他生氣。少年比了一個再見的手勢。

「難道，他也是這裡畢業的學生？」淇淇喃喃自語道。

「大人在說話，別東張西望的。」阿公低聲提醒淇淇。

淇淇不甘心的回過頭，用力拉住阿公的袖子。

「啊！阿公……那個人是誰呀？」

「哩在講誰人？」阿公疑惑的用台語問著。

「唉！糟糕，那個人又一溜煙跑掉啦！」淇淇氣得跳腳，望著空無一人的操場發呆。望著阿公疑惑的眼神，淇淇腦中突然飄過一個想法……該不會，那個少年只有她才看得到？

07. 農會前的騷動

「淇淇，別發呆了，媽媽和老師正在講妳呢！」

看到媽媽微微不悅的模樣，淇淇連忙把神祕少年的事都拋到腦後。

「淇淇，我們的學校是鄉下學校，可能需要一點時間適應，不過要是真的來唸的話，有什麼事都可以跟我說喔！」朱老師鼓起豐腴而紅潤的臉頰笑著。

看到這樣的笑容，淇淇知道，大人們已經在言談之間決定好自己轉學的事情了。看來媽媽沒有很激烈的反對她搬到鄉下來讀書，真是太好了。

淇淇不禁用感激的眼神望著眼前這位突然現身的朱老師，彷彿她是自己的救星，讓剛剛劍拔弩張的媽媽緩和下來。

「我說，妳就別擔心了。」朱老師露出天使般的微笑，似乎正反過來幫著勸媽媽。

「雅惠呀！妳以前也在這裡讀書的，之後就考上北一女，平步青雲去了。我相信淇淇體驗一下這裡單純的環境，也是滿不錯的！」

媽媽不但沒有抗議，反而像回到當年的學生時代般，跟老師撒著嬌。

「好吧！既然朱老師都開口了，我也該安心了……」

淇淇隨即放心的望著阿公。此時，天公伯竟然也淘氣的突然撒下幾絲毛毛雨，媽媽與朱老師連忙到走廊避雨。

「妳們兩個聊吧！我先帶淇淇回去，趁還沒下大雨，先來行啦！」阿公用爽朗的嗓音喊著，他輕輕握住淇淇，示意她坐回腳踏車後座。淇淇雖然一頭霧水，但也乖乖照做，臨走前還不忘跟剛認識的朱老師道再見。

「再見，淇淇。」朱老師鼓起豐腴而紅潤的臉頰笑著，對淇淇揮揮手。

祖孫倆在飄起毛毛雨的灰色天空下騎著腳踏車，往家的方向漸漸走遠。

「真是可愛的孩子，就跟妳當年一樣呢！」

「我當年滿臉青春痘呢！哪裡可愛了，哈哈哈哈！」媽媽與朱老師相視而笑。

「之前同學會，妳沒有來，但聽大家說，妳在台北發展得很好，自己帶著女兒討生活，不簡單啊！」朱老師的溫馨言語，不禁讓媽媽熱淚盈眶。

她感覺自己最需要被肯定的部份，已經被老師看出來了。除了感到快樂之外，媽媽的心情更是如釋重負。

「唉……能一直這麼鼓勵我的人，真的只有朱老師您了……淇淇在台北的班導常常找我麻煩呢！說我是單親媽媽，怕我不好好教小孩。」說到委屈處，媽媽更是感慨，鼻酸了起來。

「怎麼這樣說呢？妳把淇淇教得很好啊！也懂得尊重她的決定。孩子就是需要父母的支持，父母也需要孩子的支持呀！」朱老師溫柔而厚實的聲音像是春風般溫暖。

「等孩子轉學的事情都談好了，就打個電話給我吧！」朱老師拍了拍媽媽的背，慈祥一笑。

「唉！真是有點不甘心呢……搬去台北是想給孩子好一點的生活，怎麼她好像不太滿意。」媽媽不禁發起牢騷。

「不然也不會吵著搬回來這裡了……」

朱老師突然呵呵笑了起來。

「唉呀！雅惠呀！妳真是都沒有變呢！從以前初中的時候開始，就老愛把責任往自己身上攬。」

「咦？真的是這樣嗎？」媽媽驚訝的問。

朱老師瞇起眼，微笑的點點頭。

「有時候呀！人生會面對很多改變，妳只能選擇去迎接和面對，而不是一直責怪自己。喔！妳看那裡。」朱老師指著操場邊的小沙坑。

媽媽一看，會心一笑。她以前在這裡唸書時，曾經代表班上跳遠，也負責訓練其他參加跳遠的同班選手。

「那時候的雅惠，個頭小小的呢！」朱老師虧著媽媽，呵呵笑道。

「就站在那裡一直發號施令，實在比我上數學的時候還要嚴格好幾倍。初二那年，運動會我們班輸了，妳還寫了封信跟全班道歉，實在是太愛自責、太小題大作了。」

想起以前的往事，媽媽露出純真又有些羞澀的笑容。

「嗯！」媽媽苦笑的點頭，望向灰濛濛的天空，這裡雖然空無一人，往事卻一幕幕在校園各處上演，讓她的心中充滿暖流。

「唉！還好有回母校走走，我好像知道該怎麼去面對淇淇的老師了……」

「就把淇淇的老師當成我，好好的跟她談談吧！」朱老師伸出粗糙卻溫暖的厚實手掌，摸了摸媽媽的肩膀。

而媽媽，則像少女一般，露出充滿希望的美麗笑容。

離家越來越近了。天藍色的腳踏車轉動著輪軸，一路平穩的將淇淇與阿公載過竹林、小橋與寬闊的原野。

剛才的毛毛雨已經停了。

「哦！果然一下就停了。」阿公輕輕的說，這句話讓淇淇疑惑起來。既然

阿公早就知道雨勢不會太大，為什麼剛剛卻用「怕雨勢變大」這種理由，提前把她帶開呢？是為了要讓媽媽與朱老師兩個人單獨談談嗎？

要是以前的淇淇，大概會靜靜的在心裡揣測大人們的心意，什麼都不會多問。不過阿公平實而親切的處事態度，卻漸漸的能讓淇淇暢所欲言。

「阿公，為什麼你急著載我回來？」後座的淇淇終於忍不住好奇心問了。

「嗯！因為阿公也想回家了。」阿公柔聲的答案，既直接又可愛。淇淇忍不住笑了出來。

「阿公好可愛呀！哈哈哈哈！」看來只是她想太多了吧！阿公應該不是特地要帶她先走的，淇淇告訴自己，別太敏感了。從剛剛媽媽的態度看來，她是轉學定了。這種時候，應該要高興才是！

淇淇享受著在藍天白雲下兜風的感覺，春光無限好，氣溫怡人的午後，和阿公一起騎著腳踏車穿梭鄉野，實在愜意又愉快。淇淇把馬尾放下，一頭烏亮的長髮也揚散在風中。

「咦！是舅舅耶！」淇淇指著前方的家門。

只見阿平舅舅慌慌張張的守在三合院門口。

「阿爸，不好啦！」

「怎麼啦？」

「聽說農會的存款有問題！好多人都想去領出來！」

「唉！我們的農會實在糟糕。」阿公嘆了口氣，露出憂愁的表情。

「不過你別擔心啦！我手邊沒什麼錢，剩下一些都存在郵局了。」

當年以農為主的社區，多半都將錢存在農會，開設戶頭並將錢財給農會保管。除了這個存錢管道外，也有人將錢存在俗稱「郵局」的台灣郵政管理局，淇淇的阿公就是其中之一。

「沒事就好。」聽到阿公的財產沒受到威脅，阿平露出了釋然的表情。

「嚇死我了，咱們的農會自從上次水災之後就一直欠錢……」

一般地方上的農會倘若好好經營管理，是能夠帶給農民們富足的生活與收

入保障的。看來，這裡的狀況則沒有那麼樂觀。不過，既然沒有威脅到阿公的財產，那或許也不用這麼擔心了。淇淇正這麼想，便看到阿公臉上出現複雜的表情。

阿公的一雙濃眉緊蹙，抿著下唇。花白的頭髮讓他看起來像隻生氣的白公雞。沒想到，阿公竟然為了事不關己的農會欠款問題，突然變得這麼生氣。這樣的表情，讓淇淇感到有些愧疚。沒想到，阿公對於「別人」的事情，也如此掛心。雖然阿公的嘴裡沒有說出一句惡言，但他的眼神卻充滿憤怒與關切，直直盯向鎮中心的方向。

「阿公……」淇淇也不禁好奇了起來。

「農會的人，做了什麼壞事嗎？」

「不一定是做了壞事。」阿平舅舅苦笑著解釋道。

「可能是做了笨事，例如不把我們的錢好好存好，把它借給不賺錢或者要倒閉的公司，錢一收不回來，農會就會欠債，也沒辦法好好服務，更是失信於

我們這些小老百姓了。」

「我們去看看吧！」阿公指著阿平舅舅的貨車，三人一起駛向鎮中心。這裡多了一些水泥建築，還有日治時期留下來的高級洋樓，農會就在其中一棟建築裡。大老遠的，淇淇就看見一群著急而憤怒的人們聚集在農會前方，揮舞著拳頭。

「啊！是阿梅嬸、楊伯伯……」

那天在廟會裡跟淇淇打過招呼的幾位鄰居、包含阿梅嬸、楊伯伯等人，彷彿已經心力交瘁，在農會大門前痛心嘶吼，狼狽又憤怒的模樣，與之前在廟會時看到的和藹面孔判若兩人。

「農會還我錢啦！我兒子的下學期註冊費要怎麼辦？」

「我一生的積蓄都在那裡啊！這不是要我死嗎？上天啊……」阿水嬸披頭散髮的哭坐在地。阿公和阿平舅舅連忙下車把她扶起來。

看到她們的表情，淇淇實在很心痛。

農會似乎派出了一個年輕人。他竄出門外，臉上帶著深深的愧疚神色，低頭快速的拉下鐵門，把一群憤怒的鎮民們擋在外頭。淇淇看得出年輕人內心非常煎熬，而鎮民們當然不可能諒解，紛紛敲打鐵門。

「讓這群單純善良的長輩氣成這樣，看來農會的確做錯事了吧……」淇淇推論道。

看來這個問題比她想像中的還要複雜，可能也不是自己能解決的。縱使關心這件事，淇淇也不覺得自己能做什麼去幫那些被農會倒錢的人們。

她感到有點無力，不過，也不知道自己能做什麼。

阿公則與淇淇的反應截然不同，一向沉默寡言的他，竟然跑到人群中一個個找人說話，像是想瞭解事情的真相。

阿平舅舅也很關心的跑過去，把淇淇一個人留在車上。

就在這個當下，前方有一台灰色汽車冒冒失失的撞了過來。大概是沒看到前方的人群堵住街道，才後知後覺的緊急煞車。

「叭叭叭！」灰色汽車的主人著急的對著阿平舅舅的貨車按喇叭，淇淇被突如其來的噪音嚇壞了，僵在副駕駛座。

沒想到那台汽車煞車不及，硬生生的撞了淇淇這台貨車！

雖然只是輕輕的一下，淇淇卻突然感到天旋地轉。

「奇怪！貨車好像在動！」淇淇驚跳起來，這才發現貨車竟然載著她，往後方滑動。貨車就像一頭失控的野獸，慢慢加速往後方滑去，急得淇淇探出頭求救。

「舅舅！怎麼辦！車子自己在動！」

「天啊！是我忘記拉手煞車了！」阿平舅舅臉都嚇青了，連忙推開人群想追上來。

「淇淇！」阿公焦急的大喊，但他被卡在抗議的人群中，根本動彈不得。

車上的淇淇已經嚇得驚慌失措。

「到底為什麼會這樣！」淇淇腦中一片空白，除了大聲警告後方的人們之

外，她完全不知道該怎麼辦好。

「大家快讓開！」淇淇焦急的把頭探出車窗。

阿平舅舅則奮力的追著車子，步伐卻與貨車的距離越拉越開。

「淇淇！拉手煞車！」阿平舅舅嘶喊道。

「手煞車？」車子往後退的速度越來越快，淇淇也越來越慌，她低頭想抓住手煞車，卻根本拉不動。

「貨車衝過來了！快閃開啊！」路人們發出害怕的尖叫。

「天啊！怎麼會這樣？怎麼辦？」淇淇急得流出眼淚，此時，後視鏡突然掠過一個黑影。有個輕快的身影跳上貨車後方的載貨板，躍過駕駛座小窗，三兩下如貓般敏捷。等淇淇定睛一看，那個人已經竄進她身旁的駕駛座。無懼於眼前越來越快的車速，他猛力往下伸腿，踩住煞車。

「唰！」對方的另一手俐落的拉起手煞車。手煞車發出尖銳的響聲，整台龐大的貨車瞬間停在路中央。貨車完全靜止了，後方人們紛紛鬆了口氣，只有

一個嬰兒被騷動嚇哭了，正在媽媽懷裡哇哇大哭。

「沒事了。」拉起手煞車的人輕聲的說。淇淇這才看清他的臉。清秀而白淨的臉，正是今天早上在阿公倉庫外遇見的美少年。他抿唇冷靜的笑著，輕輕按了兩下喇叭，告訴街上的大夥兒，車子已經獲得控制了。

前來解危的少年，表情一派輕鬆，迷人的清澈雙眼望著車外，而淇淇的心臟差點停止。

「我……我還以為自己會死掉……」淇淇哽咽了起來，對於眼前的神祕少年又疑惑又感謝。

「妳好，我叫阿篤。」他帥氣的眨眨眼。

「你……」淇淇感到胸口一陣小鹿亂撞。

「謝……謝謝你。」

「哈！不客氣。」阿篤輕鬆一笑，轉身跳下車。這一跳意味著，淇淇將再度被單獨留在車內了，嚇得她連忙也趕快下車。

08. 轉學的第一天

「淇淇！沒事吧？」舅舅與阿公氣喘噓噓的追了過來，阿公心疼又焦急的抓住淇淇的肩膀，滿頭都是汗水。

「你真是太不小心了！」阿公轉頭斥責阿平舅舅，阿平舅舅則歉疚得像是要哭出來了。阿公和阿平舅舅連忙又轉頭，向一旁沉默的美少年阿篤道謝。

「阿雍伯，不要這樣啦！」阿篤似乎跟阿公是舊識，慌忙阻止阿公跟他鞠躬敬禮。

阿公是受日本教育的，認為受恩必謝，當然還是朝外孫女的救命恩人行了個深禮。而阿篤呢！則出乎淇淇的意外，不但放下那份跩跩的模樣，還忙亂的扶住阿公的肩膀。在淇淇看來，這樣的阿篤實在可愛太多了。

大概是因為對方是救命恩人吧！阿篤給淇淇的感覺也不太一樣了。先前那種吊兒郎當的感覺不見了，反倒多了幾分魅力。當路人響起掌聲時，阿篤只是一臉尷尬的搖搖手，退到路旁去。

「我一定要包個紅包給你！」阿公堅持著，拉住阿篤那雙白皙的手。

「你千萬別給我拒絕！否則就是看不起我！」

「阿雍伯，這樣我很為難啦……我只是剛好路過而已……」

「還好你機警，不然一定會出大事的！」阿平舅舅也一再道謝。

由於事情發生得太快，淇淇這才從三人的對話搞清楚狀況。原來阿平舅舅下車時忘記拉手煞車，而剛剛那輛灰色汽車碰巧撞了貨車一下。這一撞，移動了貨車的位置，而它就這樣一路順著有坡度的大馬路往下滑行！還好阿篤機警，奮力踏下煞車板，又拉起手煞車，手腳並用的阻止了一場意外。

「這小子簡直不可思議，像是豹一樣嘛！一下就跳到駕駛座去了！」路人們也對阿篤的表現嘖嘖稱奇。阿篤有點困窘，又換回一張酷酷的臉，向阿公與舅舅行禮道別後，便匆匆走了。

在淇淇看來，他簡直像是不習慣這場合，才慌張走避的。

「真是一個神祕的傢伙……」淇淇望著他離去的方向。

阿篤俐落而輕盈的白衣身影，那一整天都迴盪在淇淇心底。

那天晚上，媽媽簡單吃了晚餐，就帶著淇淇回台北了，這次回台北，多了一些依依不捨。然而，淇淇心裡卻也充滿興奮，期待自己在鄉村開始新生活。

不過，在辦離校手續那天，也有同學不但對淇淇的轉學頗為不解，甚至露出鄙夷的眼神。

「竟然要搬回鄉下去呀？」

「那裡應該什麼都沒有吧？」

淇淇沒有多說什麼，也不願一一去跟那麼多張嘴辯，不過好姊妹小貞倒是立刻就回嘴，還激動得甩著兩條辮子。

「鄉下什麼都有好嗎？你們才是沒去過鄉下的傻蛋啦！少瞧不起人了！」

淇淇拉住激動的小貞，苦笑著搖搖頭，要她別跟那些同學爭了。這時，也有幾個同學走來，把祝福卡片熱情的交給淇淇。

「要想我們喔！有空去找妳玩啊！」

「一定要來找我玩喔！」淇淇笑得燦爛。光是一個班上就有各種不同的反應，短短一天內，還真是讓淇淇體會到人間冷暖。

媽媽也已經好好的和導師談過了，雖然交談的過程還是劍拔弩張的，不過媽媽重複說著：「淇淇去鄉下，更有人陪伴，也一定能得到最好的照顧。」倒是很快的就讓班導師露出信任的笑容。

「淇淇媽媽，這樣妳也能專心衝刺事業了吧！」

「是啊！也不用再來學校打擾班導您了。」媽媽皮笑肉不笑的說，看了真叫淇淇捏把冷汗。

於是事情就這麼定了。阿平舅舅還特地開了貨車上台北，把淇淇的日常用品與行李都搬回阿公家，種種浩大的工程，真讓淇淇感謝又心疼。

「真的太麻煩你了，舅舅，謝謝你！」

「這是舅舅應該做的啦！妳媽媽以前可是很照顧我的喔！」阿平舅舅憨直的笑笑。

「以前阿平去台北工作的時候，妳媽媽也幫了不少忙。」一旁的阿公說，瞇起雙眼，彷彿在回味往事。

「原來舅舅也在台北討過生活呀！」淇淇非常驚訝。

「是啊！是我高中剛畢業的時候啦！那時妳媽媽剛跟妳爸爸認識……」阿平舅舅一想到淇淇爸媽已經離婚了，急忙尷尬的停下話題，這反而讓淇淇感覺更突兀。她眨著大眼睛，還以為阿平舅舅咬到舌頭了。最後才終於搞懂舅舅原來是不想提起這段往事。

阿公用斥責的眼神瞅了舅舅一眼。

「哎唷！你們別這樣啦！」

淇淇也不知道自己哪來的衝動，以往的她大概只會靜靜的笑笑，這次竟然大大方方開口，用爽朗的笑容面對兩位「有所顧忌」的大人。

「我還是喜歡聽爸爸和媽媽的事情，所以，講到爸爸也沒關係。」說這話時，淇淇感覺內心是舒坦的。雖然爸爸和媽媽的離婚鬧得不愉快，但至少爸爸

在每年生日的時候都會打給她，和她說說話……

雖然，自從爸媽離婚之後，爸爸要見淇淇都得先過媽媽這關，搞得夫妻離婚了還是是常吵架。阿公也知道淇淇的難處，連忙接腔道。

「淇淇真懂事，算是阿平舅舅不會說話。」

「對呀！哈哈……不好意思啦！」舅舅憨直的笑著，抓了抓頭。

「唉！又沒什麼，沒關係啦！」淇淇跺了跺腳，笑著搖頭。

「不過，妳搬回來這裡的事情，也該好好告訴妳爸爸。」阿公正色說道，指著擺在茶几上的綠色撥盤電話機。

「我這兩天就打給他，如果他想來看妳，也隨時歡迎。」這段體貼的話，讓淇淇赫然感到心中的思念一湧而上，她激動的往前抓住阿公。

「真……真的嗎？阿公……爸爸真的可以來這裡看我嗎？」

「當然可以呀！是妳的爸爸，當然可以來啊！」阿公心疼的揉了揉淇淇的肩膀。她眼中閃爍著感激又驚喜的淚光，像隻剛出生的黃毛小雞般楚楚可憐，

更讓阿公替這個孩子的境遇感到心疼。

淇淇在苗栗新學校的上學日，很快就到了。

很懂禮貌的淇淇，在上學的第一天，特地跑到教師辦公室，和曾經教過媽媽的朱老師打招呼。不過很湊巧的，朱老師剛好請假。

「朱老師，我是淇淇，已經轉學來這裡了，現在讀二年十班。很幸運，有朱老師教我數學，期待之後看見您！」淇淇用娟秀的字跡，留了張紙條。

由於接近初夏，教職員辦公室的大電扇正啪噠啪噠的轉，一會兒就把紙條吹走了，淇淇連忙回過身去撿起來。

此時，她聽見辦公室傳來這樣的對話。

「朱老師也連請太多天甲吧！她到迪還要不要回來賞課啊？」一位戴著眼鏡頗資深的外省籍老師操著不標準的國語說。

而另一名年輕老師也接腔道。

「聽說是生病了，病得不輕，好像是家裏有財務糾紛吧！你知道嗎？就農會那件事……」

淇淇感到心疼又震驚，倘若朱老師也是農會的受害者，那這就表示農會的運作真的非常有問題，連聰慧又善良的朱老師也被騙了……

「不過，這又不是我自己能解決的問題……」淇淇的心中馬上浮現出這個氣餒的想法，垂頭喪氣的離開了辦公室。

到這所初中上學的第一天，總是有點緊張。同學們一整天也盯著淇淇潔白又嶄新的制服猛看，他們身上的衣服大多是撿哥哥姊姊或者學長姐留下來的，很少人的制服像淇淇一樣這麼「白」，這反而讓淇淇覺得自己非常格格不入。

男生們也很少乖乖在上課的時間穿鞋子，下課衝去打棒球時，甚至會全身脫得只剩褲子，種種行為都讓淇淇非常不習慣。以前在她的學校，這種行為會被視為「服裝儀容不整」，不過這裡的老師好像也十分習慣。

「借過啦！」又是一群玩得髒兮兮、穿得也髒兮兮的男孩，一一從淇淇身邊呼嘯而過。

至於女孩們呢！幾乎都圍著淇淇問她為什麼要從台北搬回鄉下，淇淇倒也掏心掏肺，不卑不亢的把事情都告訴她們。

「自從我阿嬤去世後，我阿公就一個

人住，剛好我媽媽在台北也忙，我就想說，乾脆回來這裡住。」

「可是妳住得習慣喔？」女同學笑著，語氣倒是犀利。

「妳以前在這裡住過嗎？」

淇淇深呼吸，慢條斯理的說：「我以前過年過節就會回來，回來這裡覺得滿熟悉的。」

「熟悉嗎？那以後我們出來玩可以找妳一起。」女同學提出邀約，露出牙齒笑著。

原來，這女同學剛剛問那些問題沒惡意，只是更想認識淇淇而已。想到這裡淇淇倒是鬆了口氣，終於明白這裡的孩子一向都是有話直說、有問題就問，絲毫不遮掩，並不是故意說話不客氣。

老師們倒是對淇淇很好，除了上課叫她自我介紹，害她有點緊張之外，淇淇並沒有感受到特別的課業壓力。

即使淇淇轉入的班級是「升學班」，學生們大多要考的是省立新竹中學、以及新竹女中，但班上學生的壓力也不至於很大，沒有一堆額外的「講義」要唸，更不會把各種考試全都塞進早自習中。

下課時，女同學常看課外書，男同學則會直接脫了衣鞋就衝出去打球。比起淇淇先前唸的學校，這裡氣氛悠閒多了。

今天教的功課也還算簡單，淇淇知道，至少自己跟得上。

在這裡，上學少了課業壓力，卻多了人際壓力。由於淇淇是「新來的」，被品頭論足的機會也多了。

折騰了一天，總算「熬」到放學。

09. 河堤上的巧遇

隨著放學鐘聲的響起，淇淇跟同學們來到校門口，站在圍牆外等待阿公來接她。有些同學一面七嘴八舌聊天，一面往大馬路張望，等待自己的家長；也有一些家裡住得近的，悠悠閒閒的脫下鞋子，瀟灑的打赤腳走回家。

其他同學們仍是不斷的問著淇淇問題，男生關心她，女生也關心她，淇淇還真希望阿公趕快出現。

「妳阿公是誰啊！我們認識嗎？」

「嗯！大家都叫他阿雍伯。」淇淇暗自期待著同學們的熱烈回應，畢竟她認為阿公在這裡還算有點人望，然而，同學們只是瞪大了眼睛。

「阿雍伯？誰啊？」

「不太認識耶！長什麼樣子？」

「瘦瘦高高的，皮膚有點黑，斯文斯文的，有時候會戴老花眼鏡」。淇淇很認真的描述，不過同學們還是搖搖頭。

「大概是長輩比較認識吧！」有人提出了見解。

「哦哦！原來如此。」淇淇勉強接腔道，心裡難掩失望。

然而，當前方街角出現一個由怪異的廢家具、廢紙、廢酒瓶所組成的巨大移動物體之後，全班同學都爆出笑聲。

「哈哈哈！我認得他，他又來了！」

淇淇定睛一看，差點昏倒。

那個移動物體，原來是一台由淺藍色腳踏車變成的「大型置物架」——車頭上掛著裝滿回收物的大袋子，幾乎看不見駕駛者的臉。

酒味、紙漿味、各種回收物的異味不斷迎風飄來，更讓人吃驚的是，這台腳踏車上還載了一台大型電風扇！淇淇嚇呆了，而這輛已經淪為眾人笑柄的腳踏車就這樣突然煞車停在淇淇面前。

「淇淇！我來接妳回家了！」車頭上的大袋子後方，探出一個憨直而狼狽的臉孔，不是別人，正是阿公。

「哦哦！原來妳阿公是收破爛的啊！」同班同學笑得更大聲了。

「早說嘛！我們大家都常常看到他啊！」

「只是不知道收破爛的人原來是這個名字，哈哈哈哈哈！」

在眾目睽睽之下，淇淇板起臉孔，先是困窘的朝阿公走了幾步，然後她回頭瞪視著那群同學們。

「不要吵！收破爛的人也有個名字，他叫阿雍伯，是我阿公！這樣記住了沒？」這一聲怒喝倒把人行道上的同學全嚇傻了，不，連淇淇自己都嚇傻了。原來她憤怒的時候，竟然可以吼出這麼可怕的音量！一旁的阿公也非常錯愕，他似乎搞不清楚發生什麼事，只是擔心的喊著：「淇淇，怎麼了？」

「見笑轉生氣喔！」有調皮的男生故意喊著台語，這句話再度讓同學們竊笑起來。

「淇淇？」阿公又喊，他憨直又不明就裡的無辜模樣，讓淇淇更加憤怒，也覺得自己更加難堪。淇淇索性頭一轉，再也不打算上阿公的腳踏車了，就這樣怒氣沖沖的大步離去。

「淇淇？怎麼了？」阿公急忙踩著裝滿回收物品的沉重腳踏車，試圖追上淇淇。而班上的同學似乎知道場面搞僵了，急忙閉嘴，一哄而散。

淇淇流著眼淚，又生氣又難過。她很心疼阿公被其他同學嘲笑，可是偏偏自己又拉不下臉，乖乖坐上那輛被嘲笑的腳踏車。

眼看孫女越走越快，越走越遠，阿公除了疑惑，還有傷心。淇淇匆匆離開的身影就像暴風一樣，轉眼消失在街角。

淇淇抹著眼淚，哭哭啼啼的躲入人潮中。晚餐時間，人們正好在迎接媽祖出巡，街上亂糟糟的滿是吵鬧的人群，就跟淇淇的心情一樣紛亂又矛盾。

等到回過神來，淇淇已經離剛才的大馬路好遠好遠，早就和阿公分散了。後悔的情緒，排山倒海而來。

「阿公……對不起……」淇淇哽咽的低下頭。

剛剛就這樣「逃開」，把阿公的呼喚丟到腦後，應該很傷阿公的心吧？一想到阿公憨直的踏著腳踏車奮力追來的模樣，淇淇心如刀割。

她奔跑了起來，想擺脫這種愧疚又亂七八糟的情緒。天空是這麼藍，藍得就像阿公的腳踏車一樣，讓淇淇看了更加難過。

她低下頭，甩著一頭長髮，揹著書包跳上人煙罕至的河堤。

在她眼前展開的，是苗栗最大的溪流——中港溪。

河水轟隆隆的流動，灰綠色河水看起來心情也不太好，嘩啦啦的往西邊海口流洩而去，像個憤怒的少年。

淇淇默默的坐在河堤邊，在長滿芒草與野生雛菊的草地上流淚。她也不知道自己在哭什麼，大概是太多心事縈繞在心頭了吧！

「回到這裡生活真的是對的嗎？我一定傷了阿公的心吧……」

今天一整天得面對新同學的種種回應，淇淇已經心力交瘁，而一想到自己剛剛丟下阿公跑開，又在新同學面前發了這麼大的脾氣……心中的種種委屈沒人可以說，淇淇的眼淚更是涔涔往下掉，就跟眼前的洶湧溪水一樣，快止不住

了。忽然間，一陣溫暖的樂聲，像透明的雲朵般悠悠飄過淇淇耳畔。

「這個是……史豔文？」

是紅遍大街小巷的布袋戲電視連續劇「史豔文」的插曲。滑順的旋律，透過這個質樸又熟悉的音色，表現得更有種舒服的人情味。激昂的音符，就像是抬頭挺胸的英雄要經過了，讓淇淇感到好驚喜。

「是二胡的聲音……」淇淇想起以前阿公也偶爾會拉這種傳統的弦樂器，而當時她還很小，總是被阿嬤摟在懷裡。當阿嬤負責講古，阿公就會在一旁用這種溫柔的樂器伴奏。

聽到好久不見的二胡聲音，淇淇感到腳底竄上一陣暖意，像是春末的陽光那麼迷人。

「到底是誰？誰在那裡？」淇淇急忙站起，轉頭張望。眼前只有一片漫地生長的米色芒草。芒草隨風搖曳，幾乎有半個人那麼高，一下子實在難以看到音樂演奏者的位置。

隨著淇淇的起身，這音樂的旋律一轉，變得輕鬆而逗趣，多了好幾個淘氣又滑稽的轉音，是史豔文裡面丑角出場時的配樂。

雖然看不見演奏者是誰，但淇淇很明顯感受到，對方是在用音樂回應她。而這個樂手不但很喜歡史豔文，還對裡面的音樂瞭若指掌，才能輕鬆的演奏出來。

淇淇越想越好奇，她東張西望，最後乾脆爬上大石塊遠眺，想找出這個二胡演奏者的廬山真面目。

曲子結束時，淇淇發現後方的草叢站起一個少年。

那正是神祕的美少年阿篤。

阿篤放下二胡，瀟灑的朝她一笑。

「妳還真沒耐心，到底有沒有好好欣賞我的音樂啊？」

這一問，反倒讓淇淇害羞又生氣，漲紅了臉。

「我……我哪有不欣賞！」

「那就好，哈哈！」阿篤揚起清新而充滿磁性的語調。「剛剛那兩首歌是送給妳的。」

淇淇簡直感覺被閃電劈中，差點跳了起來。她也搞不清楚這種感覺究竟是好還是壞，只是漲紅了臉，猛搖頭。

「謝……謝謝你喔！我沒有不欣賞啦！我只是想知道是誰在演奏而已……」她的聲音越說越小聲，頭也越來越低。

更讓她困窘的是，阿篤一定聽到她剛剛的哭聲了吧？這實在太丟臉了！不過，阿篤對於淇淇為什麼哭、以及為什麼會到河邊來這些事，倒是一個字也沒問。

接下來的時間裡，他只是彎下腰，彷彿在地上整理什麼東西。

淇淇悄悄的走近一看，原來阿篤帶了釣竿。

「你……你來這裡釣魚呀？」

「對呀！從下午就來了，腿都蹲痠了，就想來拉拉二胡，剛好妳來了。」

淇淇聽了這話，又是一陣彆扭。她咬住牙，暗暗希望阿篤不要再虧她，或說些什麼刺激她的話。

雖然，阿篤看起來也沒什麼惡意。不過……不對呀！阿篤說他從下午就來了，難道他不用上課嗎？

淇淇已經見過阿篤三四次，從沒一次是看他穿校服的，難道他只有初中畢業？穿著嶄新雪白初中制服的淇淇，與穿著灰色長褲、麻質上衣的阿篤，兩兩相對。河堤的晚風吹拂過他們身邊，也帶起了淇淇對阿篤的好奇。

「阿篤，你，沒有上學了？」

「家裏沒錢讓我上高中啊！我現在在靠自己存錢，等存到學費了，就回去上課了。」阿篤雲淡風輕的說，彷彿這不是什麼大事。

「真是辛苦……」從來不知道缺錢是什麼滋味的淇淇，此刻也只能擠出這句回應。

不過，接下來阿篤說的，卻讓淇淇大吃一驚。

「妳的阿公，比我還辛苦好幾倍喔！」阿篤扛起手邊的二胡與釣具，瀟灑的轉過頭。

「不信的話，妳跟他坐那台腳踏車，坐一天看看，妳就知道了。」

淇淇呆立在原地，疑惑的瞪大眼睛，不知道阿篤為什麼突然說這些。

「等等，站住，難道……你知道剛剛發生了什麼事嗎？」

「哈！別激動。」阿篤回眸淺笑道：「我什麼都不知道，我只知道，妳和妳阿公一定感情很好。如果妳傷心難過，大概也是跟妳阿公有關，對吧？」

被阿篤說對一半，淇淇真有點不甘心。

「算……算你猜對吧！」

阿篤哈哈大笑起來。

「那麼，就別自己一個人難過了。有什麼話就好好對妳阿公說吧！」他朝淇淇揮揮手，走下黃昏的河堤，依舊是一抹清新的白衣身影，像雲一般，來匆匆、去也匆匆。

看著那樣的背影，淇淇感覺自己的心情稍微舒坦點了。原本她一開始覺得這個神祕傢伙有什麼不可告人的祕密，但自從貨車事件之後，淇淇才終於知道原來阿篤跟阿公似乎認識。

只是，她又不好意思拉著阿公瘋狂詢問阿篤的事情，只好把滿肚子的疑惑憋在心底。

這一天與阿篤分別之後，淇淇立刻帶著愧疚的心回家，腳步一刻也不願停歇。她只想趕快回家跟阿公道歉。

沒想到，離家越近，就發現村子的上空火光沖天。原本淇淇還以為那是晚霞的顏色，直到黑煙猛烈湧上天空，她才發現，原來是火災。是一場很嚴重的火災。高騰的火燄，就像是妖龍般在一大排紅磚瓦上肆虐。

「糟糕！是我們家失火嗎？阿公……阿公！」淇淇驚慌失措的狂奔起來，而街上的人們也紛紛提著水桶，和她前往同個方向。

「火燒厝啊！火燒厝啊！」村民們驚慌呼喊，奔相走告。

10. 比命還重要的腳踏車

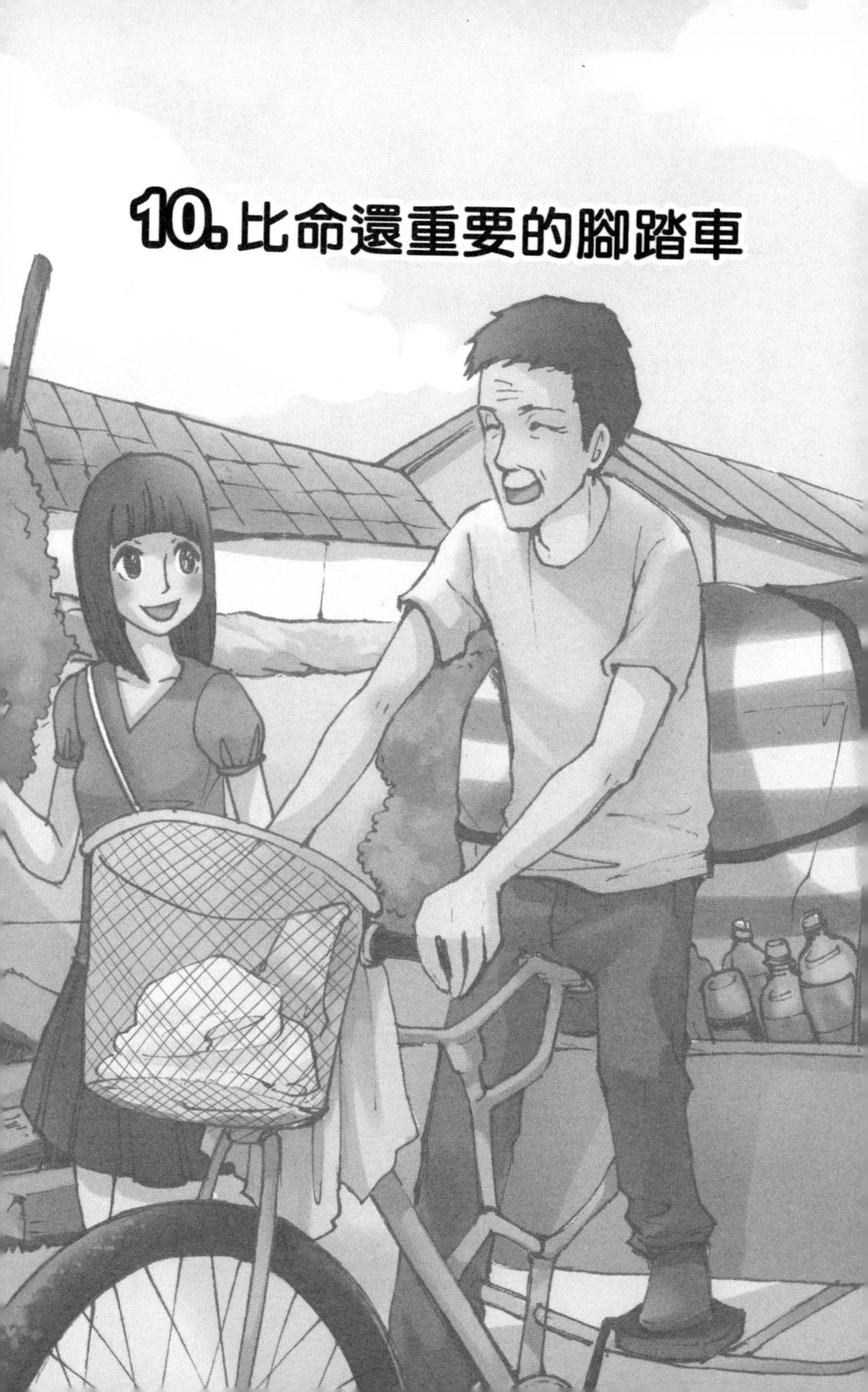

淇淇跑得腿都軟了，眼淚更是急得奪眶而出，隨著距離與失火地點越拉越近，她終於看清楚，是阿公家後方的大雜院失火了。

那裡住著一群三代同堂的客家人，火勢一發不可收拾。

「救人啦！人救出來啦！」巷口聚集了一堆人，火勢往阿公的後院延燒。淇淇已經看見那群客家人扶老攜幼，奔到馬路中央避難。

「汪！汪！」這時，阿公家的黃狗阿輝弓箭般竄過淇淇腳邊，猛力扒抓著泥土路。

「阿輝！」淇淇抱住阿輝的脖頸。

「阿公人呢？阿公呢？」阿輝發出嗚咽，對著火場淒厲狂吠。

「阿雍伯呢？阿雍伯還沒出來！」淇淇聽到有人高喊自己阿公的名字，心頭一驚。只見一票人急呼呼的在沖天火光下討論起來。

「阿雍伯救了我們家阿文，現在衝回後院牽車啦！」

「什麼車？」路人驚叫。

「那台破腳踏車？都什麼時候了，還管那什麼破車！」淇淇聽了簡直眼前一黑！

原來，阿公剛剛騎著腳踏車衝進火場救人，現在竟然又回頭，想把腳踏車拖回來。眼看火勢一波波燻黑了天空，淇淇的心情也盪到谷底。

難道那台腳踏車就這麼寶貴嗎？

「阿公！你這個大笨蛋！」淇淇哭叫著衝進人群。

「誰來救救我阿公！我阿公還在火場裡呀！」

「小妹妹！別怕，我是鎮長！」一個慈眉善目、肥頭大耳的中年男子抓住了淇淇的手。

「火勢已經控制住了！消防員也已經進去找妳阿公了！」淇淇狐疑的望了這個長得像財神爺一樣、自稱鎮長的男人。他的話似乎也讓附近的居民勉強鎮定了點，看來鎮長在這裡說話還頗有份量。

「我不管，我要找我阿公啊！」淇淇掙脫鎮長的手，轉頭就要衝進火場。

「別哭！淇淇，這樣會衰的啊！」耳邊突然傳來熟悉的聲音。

轉過頭，阿公被煙燻黑的臉，正露出疲憊而慈祥的微笑。他手邊還牽著那台剛搶救回來的天藍色腳踏車。

「阿公！你真是個傻瓜！」淇淇緊緊抱住阿公，用責備的眼神瞪了腳踏車一眼。而阿公卻用鬆了一口氣的神情，慈愛的望著他的腳踏車。就在這一刻，淇淇看清楚了，阿公望著腳踏車的眼神，帶著思念與一份尊敬。

就像是，看著自己親兄弟的眼神一樣。

天藍色的腳踏車，正歪著龍頭，彷彿在回應著淇淇與阿公的注視。有些斑駁的金屬車身，映照出熊熊的火光，像是充滿生命力的鬥士一樣。黃狗阿輝也鑽到阿公腳邊，猛搖尾巴，發出嗚嗚的聲音撒嬌。

「讓開喔！又來了一台車啦！」居民嚷道。

一輛方形的紅色怪車急駛而過，高高的水柱濺上屋瓦，彷彿要跟火龍般的烈焰對抗。

原來那車是消防車，上頭附了好多水管和一個方形的大缸。

一看到消防車，居民們都露出了安心的神情。

「是水金號！太好了！」阿篤的聲音從淇淇後方傳來，她轉頭一看。阿篤正用敬佩又哀傷的眼神望著消防車。

消防車的車身上，用白漆楷字寫著：「水旺伯、嗚金伯，聯合贈送。」

哦！原來這就是「水金號」。

淇淇看看那排字，又瞧見阿篤的謎樣神情，只能聯想到這是水旺伯、嗚金伯兩個大善人捐款給消防隊的紀念車子，不過，阿篤為什麼要特地說這些呢？

眾人們看見水金號英勇救火的模樣，紛紛鼓掌叫好，也多少瓦解了淇淇的緊張心情。

人們眼中充滿盼望，黑色的瞳孔閃爍著善良而正直的眼神，看在淇淇眼底很溫暖。

「阿公……」在這樣的氛圍裡，淇淇緊緊捉住阿公的衣角，決定一口氣把心裡的話說出來。

「對不起……阿公，我放學自己走掉……聽到同學這樣講你、又笑你收破爛……我實在太生氣了，但是，我自己也很不對……」

「乖孫，阿公都知道。」阿公低頭俯視淇淇愧疚的神情。

「沒關係。咱做這種工作當零工，本來就會被人看不起……不過，妳為了阿公跟他們爭辯，阿公覺得很感心。」

「感心」，是台語中「感動到心坎」的意思。一想到自己那種「恰北北」對同學們叫囂的行為，竟被阿公稱讚，淇淇真是做夢也想不到。

「我也不對……我知道他們不應該笑你，可是，我自己也覺得很丟臉……所以才會不想上車。」說到這裡，淇淇掉下自責又羞愧的眼淚。

「乖孫啊……阿公告訴妳……不管做什麼事，阿公對自己、對上天問心無愧就好了。」

阿公一手溫柔的緊緊牽著淇淇，一手牽著天藍色腳踏車。腳踏車如天空般晴朗的顏色，就像阿公的胸襟一般寬闊。

原來，阿公對於別人怎麼想他、甚至淇淇怎麼想他，根本不會在意。這樣的態度，讓淇淇心中升起敬佩，卻也感到為難。

「阿公……剛剛人家說你是為了要牽車才這麼慢衝出火場，這實在很危險啊！」淇淇埋怨道。

「只是一輛腳踏車，怎麼可以連命都不要了呢……」

「歹勢，讓阮孫仔操心。」阿公幽幽的說。

「可是，這輛腳踏車太重要了啊……」

「為什麼？」淇淇忍不住追問，卻沒有等到答案。

只見阿公磊落而炙熱的眼神，望向街尾。

那裡停著消防車「水金號」。

而阿篤的視線也在同個方向。淇淇抹掉眼淚，似乎在阿公與阿篤的視線裡找到了一種思念。這種感覺她說不上來，卻感覺他們的神情都有些哀傷。

淇淇繼續她在新學校的生活，很快的，一星期過去了。

歷經她對同學們大吼大叫的事情之後，大家都說她是「恰北北」，不過，

男生們倒也不敢隨便拿淇淇開玩笑了。

雖然和同學相處之間還有些拘謹，而這學期也剩不到一個月就可以放暑假了，淇淇更是把重心都放在段考上。

淇淇努力準備的結果，讓老師和同學都在班級排名單上看見她的名字。

大概是「口碑」打開了，有幾個害羞內向的女生結伴拿著數學課本，扭扭捏捏的走來。

「可以問妳功課嗎？」

「當然可以呀！」淇淇用友善而陽光的微笑回應她們。

隨著和同學相處的機會變多，班上對淇淇的感想，已經從「好奇」、「敬畏」，轉變成「親切的好學生」。

而阿公呢？依舊是放學過後天天來接淇淇。雖然阿公每次都運了一堆「破爛」來接自己，淇淇心中還是有些尷尬。但說實在的，她覺得有人準時接送、迎著風騎車的感覺很幸福。

以前在台北，媽媽總是忙工作，害得淇淇多半必須一個人回家、寫作業、上床睡覺。但如今那種一個人的情景，已被淇淇淡忘了。

隨著夏天的腳步越來越近，許多商家、住家紛紛「出清」家中的廢棄物。這幾天，阿公的工作量大增，腰痛也犯了，淇淇實在有些擔心。

看到阿公苦撐著騎腳踏車的模樣，淇淇想到阿篤之前的那句「陪妳阿公坐腳踏車坐一天，妳就知道有多辛苦了」。

於是，她做了個決定。

「阿公，我陪你一起去收破爛吧！」說到「收破爛」時，淇淇難免心裡還是覺得這項工作又累又髒，不過為了阿公，她知道自己這麼做不但是「必要」的，更是「應該」的。

「咦？真的嗎？妳不是要期末考了？」阿公倒是想勸退淇淇。

「阿公，我書都唸完啦！這個禮拜日閒得發慌，也帶我去透透氣吧！」淇淇再度使出她的善意謊言，阿公聽了也不禁舒展眉頭。

一開始，淇淇倒還希望自己跟著阿公收破爛的模樣，別被太多人看見。不過這簡直是不可能的任務。

「哦！今天淇淇也來啦！」看到各位大朋友小朋友紛紛認出自己，淇淇乾脆爽朗一笑，高聲朝他們道早安。

「阿智、小美，早！李太太，早安啊！」

經過幾次充滿朝氣的招呼後，淇淇反倒覺得心底舒坦多了。真搞不懂自己一開始在害羞些什麼。

「淇淇呀！要是太累的話，可以先回家去喔！」阿公帶著笑意轉過頭來。

「不累！」雖然出了一身汗，臉上也有些髒污，但淇淇仍不想打退堂鼓。好不容易身體也隨著初夏的陽光一起發熱了，暖洋洋的倒也挺舒服。

頸上掛起毛巾的阿公，在雜貨店門口坐下休息。

「淇淇啊！阿公跟妳說……」

「嗯？」

「妳比妳媽媽和舅舅都要成熟呢！」阿公在溫暖的夏風中瞇起眼。

「阿公這檔收破爛的小生意，是在前幾年才開始的，但妳媽媽和妳舅舅都不太喜歡我做這個，說是髒、又費體力。我再笨也知道，收破爛的人老是被看不起。」

淇淇也不知道該怎麼反駁，畢竟，她心底的某處也認為，收破爛這件事有些小小的「丟臉」。

到底是哪裡丟臉呢？大概是整天跟垃圾為伍，弄得又臭又髒，又換不了幾個錢的那種感覺吧！

「可是啊！淇淇，妳雖然也不太喜歡阿公去收破爛，但妳願意來幫忙我這個不中用的老人，阿公真的很感激啊！」說到這裡，阿公和煦而溫柔的在日光裡笑了。

淇淇則是慚愧又尷尬的低下頭。

「阿公……我……我沒有你說得那麼好啦！」

「阿公攏災啦！」阿公又說起親切直率的台語。

「妳這個年紀，不去在意別人的看法，那真是不可能的。妳一定很在意同學、老師和其他人的看法吧？但是到阿公這把歲數，阿公只想做自己問心無愧的代誌喔……」如此說著的阿公拿下遮陽的斗笠，輕柔而充滿韻律感的搧起風來，也替淇淇驅走夏日的熱氣。

望著眼前綠油油的稻作，和阿公這樣並肩吹著風，淇淇不禁打從心底感到幸福。

淇淇回頭瞧見阿公用來載運那些回收物的腳踏車。

它像是驕傲的戰士一樣揹著滿滿的東西，微微傾著車身，乖巧的在路邊等待祖孫倆再度上路。

阿公說這輛腳踏車很重要，大概是因為它能幫阿公腳踏實地完成工作吧？

隨著一趟一趟的折返，阿公對於腳踏車的保養工作，更看得出他十分愛護這輛

腳踏車。

才剛想到這裡，突然路旁傳來了一聲呼喚。

「唷！阿雍伯！」

淇淇努力的探頭找尋人影，但雜貨店外的大馬路空無一人，只有翠綠美麗的稻浪在風中搖擺。

「哦！阿明！」誰知道阿公卻開心而果斷的起身，一個箭步跑到田邊。

原來呼喚阿公的是一位黝黑的農夫，他嘴裡還鑲著金牙，正對阿公和淇淇微笑。

「唉呀！看到阿雍伯真是太好啦！我兒子要搬家了！留了一堆東西想清出去，叫清潔隊的人都叫不動，正在煩惱呢！」

「那找我幫忙不就好了？」阿公也顧不得腰痛，自信的高聲說道：「要搬什麼？我都可以搬得回來！」

「真……真的嗎？阿公……你不是腰痛嗎？」淇淇倒是暗叫不妙。

11. 鎮長辦公室

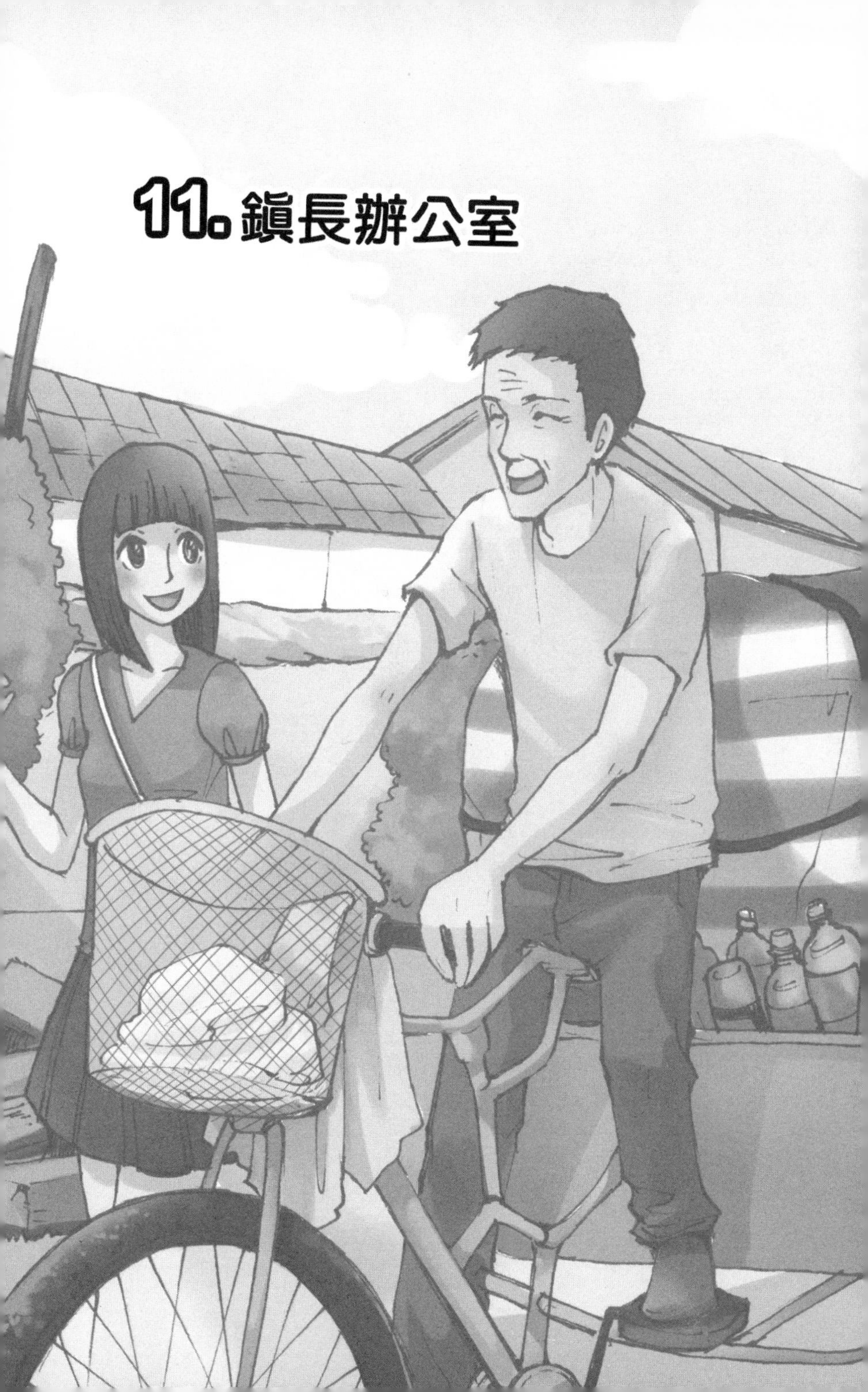

阿公爽快的答應了農夫阿伯的邀請，將車子騎到一棟民宅前方，屋主馬上帶著滿臉笑容跑來迎接。

「阿雍伯！客廳外面這些舊書報要麻煩您了，清潔隊嫌這些東西不夠多，不肯收，還說要多收我運費……」

「天生我才必有用，即使是垃圾，也有它的用途，別人不收，我來收。」

阿公唸著他的「回收經」，露出和藹又直爽的笑容，眉頭不皺一下。雖然腰痛，但淇淇發現阿公卻是用充滿幹勁的方式開始工作。

一旁的屋主家人也露出安心的笑容，幫著阿公把成捆書報搬上腳踏車。

「來，不要都壓在後方，這樣車子容易壞，交給我。」阿公熟練又親切的把書報打包，用麻繩一一纏好在車子龍頭與車尾後座，不到兩三下，雜物紛紛穩固的被綁在車身上。

「太謝謝了！我爸說阿雍伯絕對願意幫忙我們，看來是真的！」屋主感激的連連鞠躬。

阿公有些害羞的笑了，繼續埋頭工作。

看到屋主一家人開心的模樣，淇淇突然理解到，阿公的每趟車程、每次工作，對於人們都是一種實際的「幫助」。

「真是幫大忙了！」屋主一家人還買了綠豆湯給阿公和淇淇，讓這趟炎熱而沉重的牽車旅程不再漫長。

「加油！加油！」大概是看到淇淇與阿公推著一車子的誇張回收物，沿途的大人小孩也替他們打著氣。

「這堆報紙比磚塊還重啊！要小心走啊！」

「哇！沒想到一台車上能放這麼多東西，加油喔！」

看著人們的笑臉，淇淇才體會到，或許不一定每個人都知道阿公的名字，但他們絕對都認得阿公賣力推車、穿越大街小巷、田埂或泥徑的身影。

淇淇心中泛起了一陣暖意。而當她隨著阿公跋涉至回收場時，負責估價的小姐把單薄的兩張百元鈔遞給阿公。

「總共兩百一十五元。」

「謝謝、謝謝。」阿公敦厚的不斷點頭致意，淺笑著將那兩張鈔票收下，珍惜的摺好、放進口袋中。

淇淇想起以前在台北的日子，媽媽一週給她的零用錢，也差不多是那個數字。看著眼前忠厚而滿懷感恩微笑的阿公，她的眼淚已模糊了眼眶。

「淇淇呀！晚上想去廟口吃飯嗎？去吃妳阿嬤最愛的蚵仔煎？」

阿公開心的笑笑，捲起毛巾擦拭著臉上的汗。

「阿公……我這樣搬來跟你住，學費和生活費會不會很花錢啊？」淇淇面有難色的問。

「怎麼會？妳媽媽要給我錢，我都叫她存起來，留給妳以後當高中學費。妳其他的生活費，阿公來賺就好。」阿公露出一個輕描淡寫的笑，拍了拍手邊的淺藍色腳踏車。

「多虧有它在，哈哈！走吧！我們去廟口。」

11 鎮長辦公室

到了這禮拜天，阿公一早就被鄰居通知，說鎮長要公開表揚阿公先前「義勇救火」的行為，因此要找他過去鎮長辦公室。

「我不可能去那裡！」客廳傳來阿公帶著怒意的果斷回絕，把正在刷牙的淇淇嚇了一大跳，連忙披散著一頭及肩長髮跑出來。

「阿雍伯，別死脾氣啦！」兩個鄰居正圍著阿公好說歹說，還有一個穿著寬大墊肩西裝、像是里幹事模樣的男人，一臉為難的望著阿公。

「阿雍伯，被表揚這是好事情啊！也有里民獎金可以領啊！」

「我稀罕那獎金嗎？」阿公瞪大眼睛，雙腿往門邊藤椅一坐。

「反正我不可能去看那傢伙的嘴臉，你們別想說動我。我今天就坐在這裡不走了！」阿公真的生氣起來，竟會連珠砲般的說一堆話，淇淇真是好奇又驚訝。聽了半天，阿公口中的那個人，似乎就是鎮長。

淇淇倒跟鎮長有一面之緣，就是在火災那天，鎮長擔心淇淇擅入火場，一把拉住了她。

「哦哦！就是那個寬寬國字臉加上瞇瞇眼嘛！」淇淇恍然大悟，這句話可給客廳裡的大人都聽見了，他們立刻露出一臉喜色。

「哦！這是阿雍伯的孫女吧？不如妳來代替妳阿公領獎，怎麼樣啊？」里幹事興奮得一個箭步衝上來，差點被阿公故意伸出的長腿絆倒。

「不要把主意打到我孫女身上！反正我不想跟那個死胖子有什麼瓜葛。」阿公語氣堅定，臉上顯露出難得的霸氣與怒意，讓淇淇吃了一驚。

阿公為什麼這麼討厭去鎮長辦公室？淇淇正疑惑，又聽見阿公大喝一聲：

「還站著不動？都給我走！」

「啊！阿雍伯生氣啦……」其他鄰居看見阿公強硬的模樣，急忙把里幹事架走，但這盡職的年輕人還是不死心。

「啊！阿雍伯！您別這樣嘛！這怎麼看都是好事一件啊！你不領，你孫女也不領，這可就白白損失里民獎金啦！」

11 鎮長辦公室

「阿公，我去領吧！」淇淇好意出聲勸道，這一聲柔柔的央求，倒讓阿公的表情軟化了些。

「不用了，我們不缺那些獎金，我也不是為了獎金才衝進火場救人的。」

淇淇看見阿公堅持又冷淡的模樣，也只得摸摸鼻子，苦笑著示意里幹事離開。

沒想到，這事還沒完。隔天淇淇只是出個門去雜貨店買點東西，就被鄰居阿婆花言巧語的帶到了鎮長辦公室。

「唉呀！獎金躺在鎮長桌上等妳呢！拿去給妳自己貼補學費也好啊！鎮長是大好人，阿婆也陪著妳，沒事沒事！下個轉角馬上就到了！」

聽到「學費」，淇淇真的是被說動了，想想鄰居阿婆也說得沒錯，她才跟著走。沒往前走幾步，鋪著綠色屋瓦的平房已經近在眼前，上面寫著「鎮長辦公室」。

這棟建築比一般的紅瓦厝還要「西化」，用了先進又堅固的水泥與亮晶晶的磨石子地板，看來派頭不小。一進入口，走廊上的氣派匾額一字排開，如：「造福鄉里」、「為國為民」等，全是在誇獎鎮長的政績。

還沒走到辦公室入口，一個長相寬厚的國字臉男人，已經瞇著笑眼歡迎淇淇，他正是鎮長。

「歡迎啊！淇淇！妳總算來領獎金啦！要替妳阿公感到驕傲喔！」

淇淇露出禮貌的微笑，正疑惑鎮長怎麼知道自己的名字，定睛一瞧，原來辦公室裡站著一個熟人，正是媽媽少女時期的導師——笑聲宏亮、笑容可掬的朱老師。

「我們淇淇最懂事了！之前還留字條給我，跟我打招呼呢！」朱老師提起淇淇開學第一天的情景，淇淇這才想起，後來她一直都沒在學校見過朱老師，直到今天。

「朱老師好，您怎麼會來呀？」淇淇睜大晶亮的眼睛，直率的問。

「哦哈哈哈！」鎮長倒是發出高分貝的誇張笑聲。

「朱老師來找鎮長泡茶呀！來來，淇淇也請進吧！鎮長要感謝妳今天特地來領獎。」

「其實也不是特地啦……」淇淇望著辦公室外一群好事的婆婆媽媽，偷偷嘆了口氣。

「剛好就被拉過來了……」

「哦！淇淇呀！妳來就是件好事！替妳阿公領這個獎！」鎮長把一張裝在相框裡的漂亮獎狀塞到淇淇手上，淇淇正要收下，卻發現鎮長仍牢牢抓住獎狀不放。

原來是在等著攝影師用大黑相機拍照，淇淇和鎮長各出一手拿著獎狀，閃光燈一亮，雙眼一眨，紀念照就拍好了。淇淇瞇瞇眼，鞠躬收下獎狀。上頭寫著阿公的全名，還標註：「義舉，英勇救人，特此鼓勵。」

「恭喜、恭喜呀！」一群婆婆媽媽仍圍在辦公室外替淇淇拍手。

「來，這是獎金！」鎮長又是抓住獎金袋不放，原來這也要拍照。淇淇苦笑著任這群大人擺佈，有點想先走。

阿公大概也是因為這些「繁文縟節」，才不願意來找鎮長吧？不過，看到朱老師與鎮長有說有笑的模樣，以及辦公室人員端出來的滿滿餅乾，淇淇也不禁軟化了。瞧！那大紅盤子上還擺了鄰鎮送來的西式甜點，淇淇自從搬來這裡後，已經好久都沒吃到這種精緻可愛的西點了。

「來來！吃呀！吃呀！外面的阿姐阿嬸們，也別客氣！大家請用！」聽到鎮長這聲親切的吆喝，大家全都一窩蜂朝糕點衝來，淇淇也顧不得矜持，連忙「救」起一塊巧克力蛋糕，輕輕放進嘴裡。

「太懷念了……好久沒吃到了啊！」淇淇瞇起眼享受巧克力的香甜，看來這趟還真是有得吃又有得拿。

回家後，淇淇怕阿公生氣，便悄悄的把獎金和獎狀都放到阿公房裡的大書桌抽屜裡，和重要的印章、存摺放在一起。

12. 颱風夜

學校的期末考就在這週，日子也一天天熱起來。這裡不像台北悶熱潮濕，依山靠海的小鎮，散熱也快，氣溫非常舒服。

淇淇正準備迎接暑假的來臨。換上夏季制服的她，剪了一頭清湯掛麵的短髮。一開始她還感覺有些失落，但現在倒覺得學校的髮禁讓她落個輕鬆，不用每天早上都費事的綁馬尾，或者像以前那樣思考今天該換什麼髮型。

這頭青春的短髮，讓淇淇清秀立體的五官更明顯，她戴上白色的帆布帽，換起制服上學時，也感覺自己和同學不再格格不入。

現在，邀她一起走路上學的人也多了。偶爾，淇淇為了跟同學聯絡感情，也會請阿公讓她自己走去學校。

已經好幾個月沒看見阿篤了。淇淇多次想問阿公阿篤的事情，但阿公那猶豫中帶著神祕的眼神，卻令淇淇很在意。阿公不像是不喜歡阿篤，反而像是默默關注著他，而阿篤也大概是因為想親近阿公，之前才會三不五時出現在淇淇面前。

「阿公，你知道阿篤的家在哪裡嗎？」

阿公沒有馬上回答，而是用一種略帶悲傷的神情望向遠方。

「阿公一定有什麼事不想告訴我。」自從搬回這裡之後，雖然跟阿公變得親近許多，但淇淇仍體會到阿公的內心好像不是那麼容易看透的。特別是每當話題提到阿篤、或者阿公的那台天藍色腳踏車時，似乎有陣透明的霧輕輕的籠罩住阿公。

阿公雖然不願多提，但也不像是討厭這話題的樣子。從阿篤與阿公之間的互動，淇淇唯一確定的是，他們之間好像發生過什麼讓人難過的事。

結束期末考的這天，淇淇心情輕鬆的回家，一進門卻看見阿公臉色鐵青的站在客廳。

「淇淇，妳去領鎮長的獎，怎麼不跟阿公說一聲？」

糟糕，阿公一定是看到抽屜裡的獎金和獎狀了。淇淇暗叫不妙，卻也只能

硬著頭皮把當天發生的事情說一次。

「阿公……其實鎮長他也沒有惡意啊！」

「妳一個小孩子懂什麼？」阿公用淇淇從未聽過的音量吼道，嚇得她渾身發抖。

「那個人是個垃圾！不，垃圾都比他有用！我不需要這個人的錢！」阿公破口大罵，瞪圓了眼睛。

「我一年賺的錢都比他多，妳是不是瞧不起阿公，才去拿那個人的錢？難道阿公賺不夠妳花嗎？」

「我……我沒有這樣想啊！」淇淇驚慌失措，勉強壓抑著恐懼回答。

看見孫女委屈落淚的模樣，阿公彷彿這才醒了神智，猙獰的表情也緩緩收了起來。

淇淇受不了剛剛那番指責，賭氣的轉身就走。她衝向曬穀場的天藍色腳踏車，跨腿騎了上去。即使座墊有些高，淇淇伸長了腿仍可應付，倒是黃狗阿輝

一臉擔憂，搖搖尾巴跟著跑在車子旁邊。

一車一狗就這樣在夕陽下的田埂旁奔馳。大風吹來，將淇淇的鬱悶一掃而空。天邊的雲朵染上橘金色的光芒，耀眼逼人。黃澄澄的雲海佔據了淇淇的視線，一望無際的天空，彷彿將她與阿輝都輕輕包圍起來。

「要作風颱囉！」田裡一名年輕農夫嚷了起來。

「現在嗎？」淇淇訝異的問道。眼前的金色天空是這麼美、這麼雄偉又溫柔，怎麼可能會作風颱呢？

「一定會作風颱。」年輕農夫又說，他的聲音像才剛變聲的男孩子，聽來很熟悉。淇淇驚喜的轉過頭，斗笠下方的那張臉，正是好久不見的阿篤。

「淇淇。」阿篤用稀鬆平常又帶點親密的語調叫道，害淇淇又是一陣耳根泛紅。

「幹嘛啦？你怎麼會在這裡？已經好久沒看到你了！」

「原來妳有在注意我啊！」阿篤又故意逗她道，黃狗阿輝汪了一聲，一副看好戲似的搖了搖尾巴。

兩人互道近況，原來阿篤為了賺學費，最近都來這附近幫忙農活，也順便打打零工，存存錢。

「真想像妳阿公一樣，那麼會存錢啊！」阿篤笑著。

「別說了。」淇淇嘆了口氣。

「我媽媽每次要給我阿公生活費，他都和她在電話裡吵起來，剛剛又罵我……」聽完淇淇描述剛才發生的事，阿篤的表情越來越嚴肅。

「妳阿公討厭鎮長，是有原因的……」阿篤沉著臉說，表情甚至帶著一股恨意。

「咦？什麼意思？」

「我不想講人是非……如果有什麼事情不清楚，我想妳直接聽妳阿公說會比較好。」

夜色將近，天邊的雲朵漸漸失去光芒，而阿篤臉上的表情，也越來越詭譎

難懂。最後，他只丟下這句話：「我該去幫忙田裡的收尾工作了，颱風天，你們要注意安全喔！」

淇淇聽了真是一肚子氣，到底阿公和阿篤知道了什麼她不懂的祕密？這些人為什麼都不肯親口告訴她？

「嗚嗚……」瞧著淇淇氣呼呼的模樣，黃狗阿輝貼心的用尾巴拍了拍她的小腿，像在說：「該回家囉！」

「連你也比我會看這的天氣啊！阿輝。」淇淇苦笑著，摸了摸阿輝的頭。

「叭叭！」一台藍色小貨車駛上坡道，輕快的按了兩下短短的喇叭聲，阿平舅舅的手伸出車窗揮舞。

「淇淇！」

「舅舅！你怎麼來了？我正要回家……」

「淇淇，舅舅載妳回家拿東西，今晚先來舅舅家住，颱風要來了！」阿平舅舅神情有些慌張。

「為什麼這麼突然？發生什麼事了嗎？」淇淇感覺一顆心懸到胸口。

「剛剛台北的醫院打來，說是妳媽媽發燒過頭住院了。妳阿公他呀！已經趕去台北去照顧她了！」

「怎麼會這樣？」面前突如其來的變化，淇淇實在難以消化，瞪大一雙明亮的眼睛。

「那媽媽還好嗎？」

「聽說是胃發炎，發燒累倒了。」舅舅嘆了口氣，無奈的摸了摸頭。

「可是，聽說不是很嚴重啦！總之，妳今晚來舅舅和舅媽家住，颱風天別一個人待在家裏。」

淇淇與黃狗阿輝坐上舅舅的貨車，天藍色的腳踏車也一起搬上貨車後方的載貨區。舅舅說他還得回去把老家的雞舍釘好，又要把車開回公司，便匆匆出門了。

「來，淇淇，行李先放客房，舅媽煮麵給妳吃。」親切的舅媽繫著圍裙忙著招呼淇淇，也不忘給阿輝滿滿的食物。

電視新聞播報著颱風的動態，這次似乎是嚴重的西北颱，將會直接通過整個北台灣，舅媽的神色也顯得很擔心。她不時忙進忙出檢查門窗，淇淇也幫著她做好防颱措施。

淇淇不但機靈的瞻前顧後，更在門窗玻璃都貼上膠帶，以防碎裂砸傷人。

果真，一入夜後，大雨就來了。

「外面狀況不太妙！」及時趕回家的舅舅擔憂的說。

「我們早點睡吧！」

「以往這裡的颱風，狀況都怎麼樣？」淇淇想至少先有個心理準備。

「很難說，舅舅小時候，北邊的橋曾經被中港溪的洪水沖斷，村子還大淹水呢！不過，大部分的颱風都只是下雨猛了點，妳先不要太擔心啦！」

雖然舅舅如此樂觀，但舅媽卻很快的發現，電話已經不通了。

「糟糕，一定是雨水進到電話線路裡了。」她說。

「也不知道妳阿公和妳媽媽狀況怎麼樣，他們電話打不通一定很擔心。」舅舅也搖頭。看著屋外的暴風大雨，三人勉強帶著不安上床睡覺。大約在夜裡三點半，客廳的阿輝突然狂吠。

「水啊！水衝進家裏來了！快去拿拖把！」舅舅冒冒失失的衝上樓來，把淇淇和舅媽都驚醒了，三人披著大衣想打開大燈，卻發現已經停電了。

三人連忙合力拿著不怕水的竹掃帚「趕水」，將客廳的水盡量清空。舅媽則鎮定的拿來大手電筒替淇淇和阿平舅舅照明。

舅舅冒著大雨衝到門口堆起沙包，總算阻止水勢。淇淇則拿出大毛巾，幫溼透的黃狗阿輝擦乾毛茸茸的身體。

「我們這裡地勢還算高了，連我們這裡都淹，東村那裡一定慘了！」阿平抱頭嘆氣道。

「希望我的公司沒事，我的貨車還停在那裡呀……」

淇淇一聽，跳了起來。

「咦？舅舅，你的貨車還停在東村，那……阿公的腳踏車呢？你騎回來了嗎？」

「沒有啊！我想說妳也用不到，就放在貨車上了。」

聽到舅舅這聲回答，淇淇心頭一冷。

「舅舅，那台車子是阿公很重要的東西……希望不要被水沖走才好……」

「不過是一台腳踏車而已，沒這麼誇張吧？再說，放在我的貨車上應該沒事啦！」舅舅發現自己的粗心大意，連忙乾笑著解釋道：「真要有事，大水得先淹到我的貨車那麼高再說，哈哈哈……」

舅媽瞅了舅舅一眼，責怪他的冒失。淇淇也不好再多問什麼，只能暗自祈禱阿公的腳踏車能平安捱過這次颱風了。

然而，一早起來，淇淇發現村子全變了樣。當她與舅舅從二樓的窗外看出

去時，只見到滿地的落葉與垃圾。很顯然的，水勢是從洶湧的溪水來的，土黃色的暴漲溪水席捲了整個村落。

「看來溪邊的堤防被大水衝破了……」阿平舅舅緊蹙眉心。

「東村那裡一定淹水了，等禮拜一去公司，絕對一片狼藉。」

「至少我們人都平安。」舅媽安撫著兩人。而此時電話也通了，舅舅總算和醫院中的阿公與媽媽聯絡上。

「淇淇，颱風天別亂跑喔！」媽媽的聲音聽起來恢復了不少精神。

「媽像妳這麼大的時候，颱風天結束都要帶領班上同學打掃校園呢！妳也得乖乖的，知道嗎？」

「知道了，媽媽。」淇淇乖巧的答道：「那台北那裡還好嗎？」

「也是在下大雨，妳阿公和我都在醫院待著，很安全，也有熱食可以吃。啊！妳阿公說要和妳講電話。」

聽到是阿公，淇淇急忙直起脊椎，沒想到阿公劈頭就是一聲誠懇又愧疚的

道歉。

「淇淇啊……對不起，阿公昨天不該對妳大小聲，妳明明是阿公最懂事的外孫女……」阿公的聲音微微顫抖，為昨天的事情懺悔道。

「阿公實在把話說得太難聽，對不起妳。」

「阿公，別這麼說啦！我早就已經忘光光啦！」淇淇一想到阿公回來可能找不到腳踏車，便認為昨晚的吵架根本不值得一提。她甚至煩惱得沒心情好好吃早餐。淇淇不敢把腳踏車的事情全讓舅舅知道，但那台天藍色的腳踏車，阿公可是把它看得比命還重要，甚至還曾從火場裡將它搶救出來……

那麼，請舅舅陪她一起去找那台腳踏車，應該不為過吧？

「舅舅，既然你很擔心公司，那我們等雨變小了，就先去東村看看吧！」聰明的淇淇如此提議道，阿平舅舅也豪爽的答應了。好不容易等到雨勢稍稍變小，兩人穿上雨衣雨鞋，乘著舅舅借來的野狼機車出發。

「唉！這雨打在身上痛死了！我開始後悔了！」舅舅埋怨著。而淇淇也感到一陣懊惱，雖然雨勢從屋內看起來還好，但實際淋在身上的感覺卻彷彿散彈槍襲來，淇淇只能猛力拉緊雨衣的帽子，躲在舅舅背後。

所幸舅舅也是個好脾氣的人，才抱怨沒幾句，他倒是開始誇獎這台野狼機車的馬力了。淇淇也覺得這台機車穩健有力，連地面積水都被它的巨輪迎面劈來，要說威風還真有點威風。

然而，隨著與東村的距離越來越近，兩人發現淹水的水位也越來越高。路上毫無人煙，不，別說路了，眼前的巷道與田埂幾乎都被大水給淹沒。舅舅的野狼機車也無法再繼續前進。

「天啊！東村太慘了……」阿平舅舅哀號著。

眼前的東村，已經變成一片水鄉澤國。更誇張的是，淇淇甚至看見洪水帶走了雜貨店的看板、木頭門框和半張床！

「我們還是快掉頭吧！實在太危險了！」舅舅慌忙調轉機車龍頭。

13. 水災驚魂

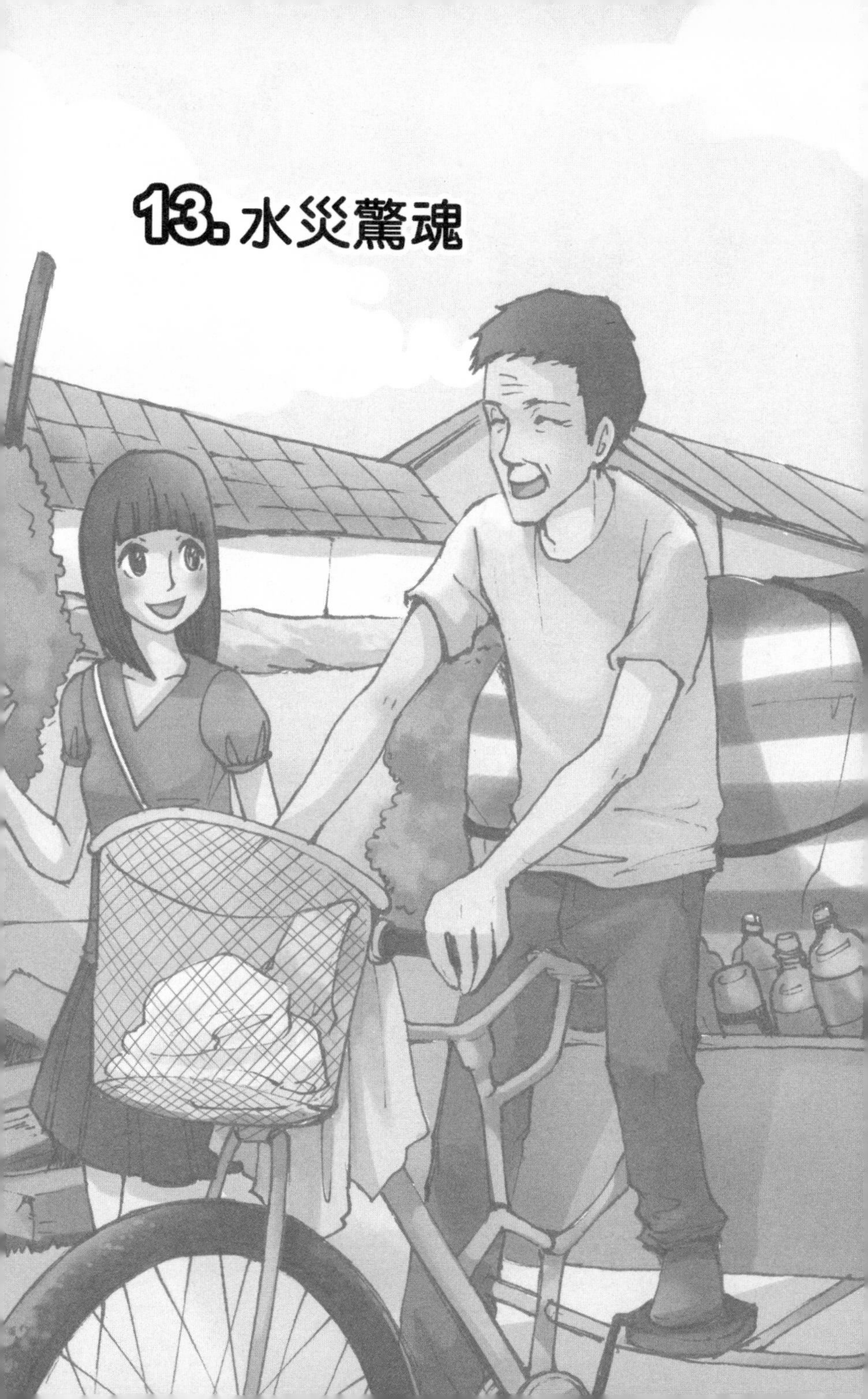

阿篤從睡夢中驚醒時，外頭已是風雨交加。

天色剛亮，洪水已經淹入客廳，更把前庭的盆栽全都席捲帶走。

阿篤與爸爸兩人慌慌張張的忙著到客廳防堵洪水，收音機則傳來緊急避難的消息，外頭綁在電線桿上里長廣播用的擴音機，也不斷響起高頻的呼叫聲。

「洪興橋的堤防已經被大水沖斷，請各位里民趕緊到里民中心避難；如果不方便出門，請到住家的二樓躲避水災！」

「真是不敢相信……我聽說，洪興橋的堤防才剛剛整修過……」阿篤的爸爸憤怒的叫著，直到窗外出現讓他驚訝的情景。汽車、機車紛紛隨著洪水緩慢飄動，漸漸被捲入北邊的一個大漩渦中。陸地早已看不見，只見一台藍色的小貨車竟也被水勢帶動，無助的在大水中旋轉搖晃。

「那上面……有阿雍伯的腳踏車……」阿篤瞪大眼睛。小貨車上的天藍色腳踏車，他再怎樣都不會認錯。水深及腰，阿篤卻毫不猶豫推門而出。

「阿篤，別出門，太危險了！我們快去二樓吧！一會兒大水就要來了！」

「爸，別拉我，我至少要看到它飄到哪去……」阿篤感到無能為力，心情一陣沉痛。藍色貨車隨著洪流緩緩移動，撞上一戶民宅，發出轟然巨響。這會兒，車子被卡在路樹與電線杆之間，暫時動彈不得。

「我要去把那台腳踏車牽回來！」阿篤突然丟下這句話，抓起牆上的繩索衝了出去。

「笨蛋！不要管那台車了！」

「現在不去就太遲了！」阿篤推開爸爸，抬起正氣凜然的雙眼。

「要是我不去拿那台車，它等等一定會被水沖走！」

「笨蛋！要是你為了那台破車有個三長兩短，你阿公會死不瞑目的！」爸爸吼道。眼看阻止阿篤不成，他也急忙追了出去。

阿篤單薄的身影涉水而過，水深直達他的腰，讓他凍得渾身發抖。眼看距離藍色貨車只有一個路口的距離，阿篤卻怎麼走都走不到。在重重洪流的推擠中，躲到屋頂避難的居民們也紛紛大叫。

「阿篤！你在幹嘛？快點回家去！」

土黃色的大水像是邪惡的巨蛇般狠狠纏住阿篤，偶爾還有巨大的殘破家具隨著河水飄撞過來。阿篤滿頭大汗，終於趕到那台藍色貨車旁。天藍色的腳踏車就在眼前了，阿篤奮力爬上貨車，雙手緊緊的握住腳踏車的龍頭。

「啊！大水又來了！阿篤！快逃啊！」樓頂上的居民們驚慌大叫，阿篤猛回頭只見又是一波兇猛的水流，又狠又重的推了貨車一把。

阿篤摔倒在貨車上，此時，他才感覺事情不妙。貨車竟然隨著洪流猛力移動起來。而阿篤的爸爸則被困在水中，驚慌失措的哭號著。

「阿篤！別下車，抓住貨車啊！不然你會被水沖走的！」

阿篤抱起腳踏車，四周都是湧動的河水，看得他眼前一黑。此時，有個鎮定而悅耳的聲音正在大叫。

「阿篤！把你手上的繩子拋過來！」這個聲音清澈而甜美，在一票男性長輩的高呼中顯得特別鮮明。

是淇淇！淇淇與她的舅舅正坐在救生艇上，朝阿篤猛揮手。救生艇中還坐著鎮長、警察與消防隊隊員。艇身又大又穩，還有著巨大的電動馬達正呼呼作響，朝阿篤所在的藍色貨車猛力駛來。

淇淇那張嫩白的小臉被雨水打得溼透，不斷呼喊著：「阿篤！用繩子！趕快！把繩子拋給我們！」阿篤總算回過神，急忙把手上的繩子鬆開，一端捆在自己腰間，另一端猛力朝救生艇上的人拋去。

「嘿咻！快拉！」救生艇上的警察們連忙穩住阿篤身子，將他的身體猛力拉上船。而阿篤手中仍緊緊抓著阿公的腳踏車。

胖乎乎的鎮長叫道：「年輕人！放手！」

「不行！不能放手！」阿篤和淇淇同時喊道。

阿篤帶著腳踏車摔進救生艇時，兩個年輕人相視而笑。遠方的阿篤爸爸總算露出放心的笑容，爬上二樓對他們揮手。至於淇淇的舅舅阿平，則心痛的望著公司的藍色貨車被洪水無情沖走。

阿篤把身上的毛毯分一半給淇淇，讓她躲躲寒冷的大雨。

「淇淇，妳怎麼知道要來找我呢？」

「我和舅舅出來找貨車和阿公的腳踏車，回家的時候看到好多東村的雜貨店招牌都被洪水衝過來，就趕緊聯絡鎮長他們，還好……還好你也沒事。」淇淇有些害羞的解釋道。

由於水災狀況實在太嚴重，縣長本人也特地驅車趕到，成立緊急救災指揮中心，將受災戶們都接到地勢較高的學校教室和社區活動中心。淇淇家因為受災情形不嚴重，所以稍晚之後就與阿篤分別了。

「淇淇，下星期一能到學校操場嗎？有件重要的事情想告訴妳。」阿篤露出溫柔的神情叮嚀道。

這個笑容一直讓淇淇很在意，阿篤到底要告訴她什麼呢？

隨著晴天再度降臨，災後一片狼藉的小鎮也開始恢復了秩序。淇淇一面等

著星期一的到來，一面協助舅舅清掃阿公家。

「淇淇，我帶妳媽媽回來看看妳。」阿公親切而熟悉的聲音從後方傳來，迎面而來的，是媽媽溫柔美麗的笑顏。

淇淇緊緊抱住媽媽。媽媽低頭撫摸淇淇的短髮，她發現淇淇的眼神傳遞出一種她說不出的感覺——沉穩、平靜而滿足，而這種神情，她已經很久沒在淇淇身上看到了。

「淇淇真是的，越來越成熟懂事了，媽媽都快不認得了。」媽媽苦笑道。

「媽媽也是啊！」淇淇並沒有說謊，眼前的媽媽不再帶有焦躁或者埋怨的神情，姿態也安定自若。現在的她，看起來就是個優雅自在的都會女性，一頭捲髮也洗直了，彷彿年輕了好幾歲，容光煥發。

「媽媽，身體還好嗎？妳氣色看起來很不錯！」

「很好啊！好得很。」媽媽點點頭，露出一口白牙笑著。

「前幾天我是被同事傳染到腸胃炎，現在沒事了！工作也很順利，媽媽也比較有時間好好吃飯和睡覺了喔！總不能老是當個讓女兒擔心的媽媽呀！」媽媽的語氣真的沒有以往那麼急促不安，反而流露出一股柔情又母性的溫暖。

淇淇再度抱抱媽媽。看來她搬到鄉下跟阿公住，的確讓媽媽更專心工作，也更懂得認真管理自己的生活了。看到媽媽腳下那雙平底鞋，淇淇露出微笑。

「怎麼了？還是喜歡媽媽穿高跟鞋啊？」媽媽淘氣的笑笑。

「不，媽媽穿這樣很輕鬆、很好看。」淇淇真心的將感受脫口而出。

「穿平底鞋也對健康比較好。」

「就是說嘛！我覺得走路有力氣多了。」媽媽眨眨眼。

「員工都說，我這樣距離跟他們比較近，哈哈哈！」

淇淇也笑了，她發現，這種跟家人自在暢談的感覺，她非常懷念，好像回到小時候無憂無慮，可以自在跟媽媽談天大笑的時候。

家人的相處也是重質不重量的，雖然媽媽只待了短短一天就得離開，但淇淇卻有種感覺，好像媽媽的心離她更近了。媽媽也答應，暑假結束前一定還會

再回來看淇淇，並要淇淇給她多寫寫信。

而淇淇與阿篤約定的日子，也很快就到了。

為了防止阿公問東問西，造成他不必要的壓力和疑惑，淇淇也沒有主動告訴阿公，腳踏車差點被洪水沖走的事情。星期一剛好是暑假的返校日，按照規定所有的學生都必須在上午回校打掃。為了下午與阿篤的約定，淇淇出門前特地削了水果，又在便當盒裡放滿了媽媽從台北帶來的點心，想送給阿篤作為謝禮。

畢竟，要是沒有他，阿公大概永遠也找不回那台腳踏車了。

受到水災的侵襲後，鎮上各處都展開了災後大掃除。小鎮已經恢復了不少生機，路面上的障礙物也處理得差不多了，大馬路上到處都可看到一台台環保局派來的垃圾車，協助清除各公司與店家的廢棄物。

淇淇到了學校，才發現她們的班級被派到「外掃區」，而所謂的外掃區，竟然是鎮長辦公室。

「各位同學，因為學校已經打掃得差不多了，今天我們要去打掃鎮長辦公室。」負責帶隊的朱老師笑容滿面，很快的便指揮好同學。

「大家放心，不會很辛苦的，幾乎都是在室內打掃而已。」

聽到可以出校門，又不必曬大太陽，絕大多數的同學都很高興。淇淇和同學們用郊遊的心情走到了鎮長辦公室，卻看到鎮長臉色鐵青，正被一群憤怒的地方長輩包圍著。仔細一聽他們爭論的內容，正是這次風災的責任歸屬問題。

「說，為什麼這次颱風只有我們鎮這麼慘，一定是你哪裡沒有做好吧？」

「各位稍安勿躁！這一切都是誤會，大家別聽信一些奇怪的謠言。」鎮長苦笑著，朝朱老師使著眼色，要她快速帶著幫忙打掃的學生通過走廊。

淇淇被分配到打掃儲藏室。不一會兒，朱老師又笑呵呵的把她拉到一旁。

「淇淇，妳阿公對資源回收很有一套，妳可以來庭院幫忙指揮同學，幫忙垃圾分類嗎？」

「好啊！」被老師指派工作也是種榮幸，樂觀的淇淇一口答應。不過一走到後院，她就後悔了。因為後院堆滿了各種被洪水泡壞的家具、廢紙箱，甚至還有冰箱裡清出的食物，最麻煩的是，一張張泡得稀爛的公文廢紙。

它們散發出可怕的惡臭，同學們面面相覷，就是不知道從何開始下手。

阿公每當遇到這些「垃圾」時，總是用專注又帶著感恩的神情，動作有條不紊的整理、分類。

「即使是垃圾，也有它的用途，有的能換錢，有的能夠幫助別人，有的改造一下，又可以重新使用。」淇淇回想起阿公認真工作時掛在嘴邊的話，心情也變得輕鬆起來。

「各位同學！嗯！我們先把廢紙都放到廢紙箱裡，因為它們都是紙類。至於其他的家具，最重也最難搬運，我們最後再來清理。」淇淇也不知道自己竟然能在這麼短的時間就分出頭緒，自己也頗驚喜。

而聽到她的指令之後，同學們也有了方向，紛紛開始動作。

淇淇也彎下腰，把廢棄的公文一張張疊好、捆起來。就在工作了約十分鐘之後，她在某張公文上看見了一個熟悉的名稱。

——洪興橋堤防修建費用，五百萬。友仁橋堤防修建費用，三百八十萬。

這些橋正是東村的橋，也就是這次被洪水沖斷的橋。淇淇感到不勝唏噓，原來花了這麼多的錢，東村兩座大橋的堤防卻如此不堪一擊。但她什麼也沒多想，整理完紙張之後，便和同學一起參加點名，收工回學校去了。

一想到下午就可以見到阿篤，淇淇的心情不自覺輕快起來，步伐也變得急躁。

「阿篤那天跟我說，有很重要的事要告訴我……不曉得是什麼事。」淇淇的心噗通噗通的跳著。

14. 夏夜冒險

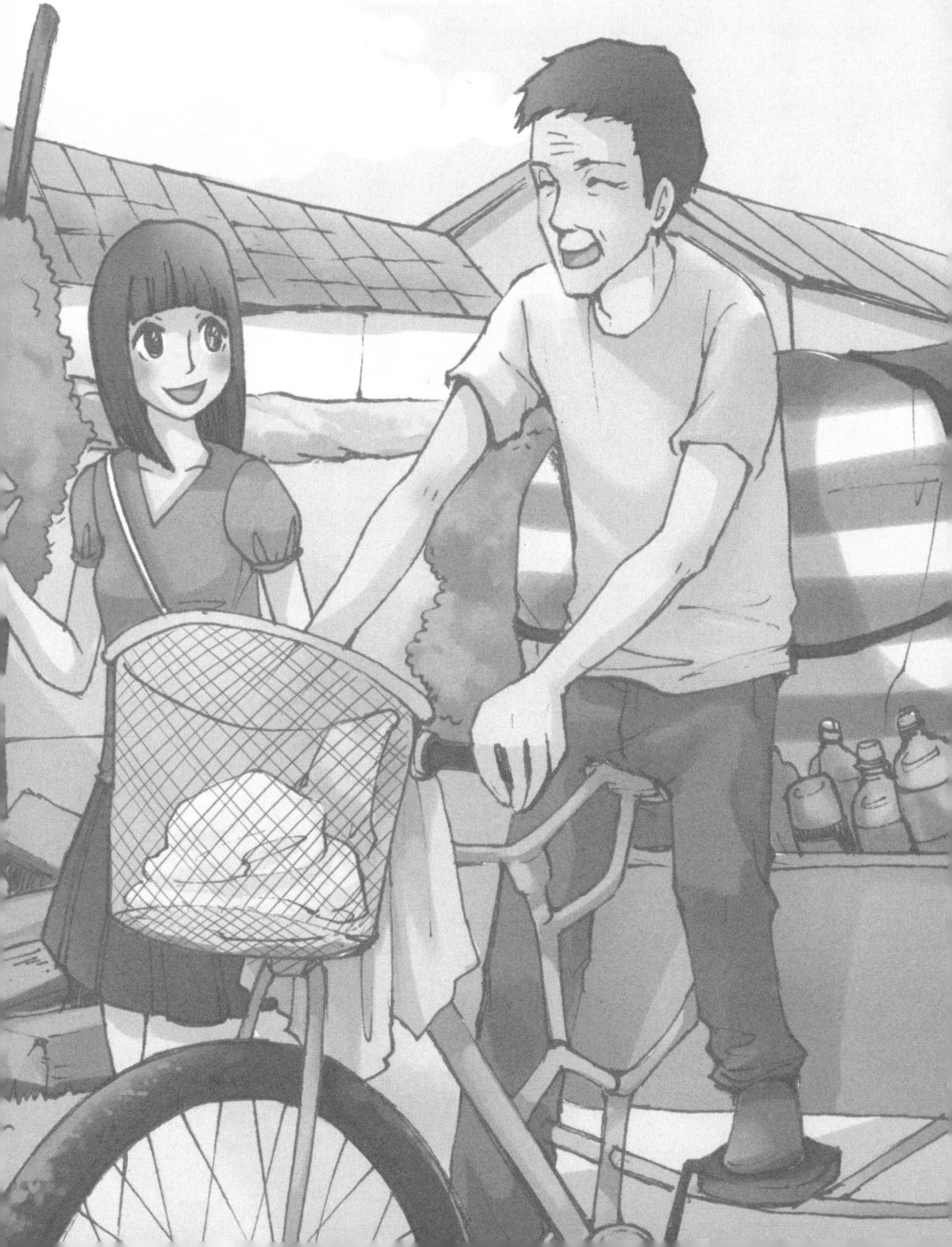

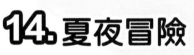

夏天的天氣經常是反覆無常的。剛過午後沒多久，天空就烏雲密佈。返校日結束後，校園幾乎是空蕩蕩的，只剩淇淇擔憂的拿著便當和書包，孤零零的站在操場邊等阿篤。

「嗨！久等了！」阿篤熟悉而輕柔的聲音從後方飄來，他披著一件單薄的雨衣，跨下是一輛很舊的灰色腳踏車。

原來他是騎車來的，難怪淇淇剛沒聽見腳步聲。面對遲到的阿篤，淇淇瞪著他做出無聲的抗議。

「好啦！還不上來？午後雷陣雨很快就來了喔！」

阿篤說得沒錯，就在這當下，斗大的雨點已經襲向整座校園。淇淇連忙理了理裙子，坐上腳踏車。

「來，拿去披。」阿篤分了雨衣一角給淇淇。

下一刻，車輪開始飛馳起來，離開了校園。淇淇感覺身體輕飄飄的，雖然雨水很冷，但雨衣裡卻滿是她與阿篤的體溫，讓她有些小鹿亂撞。

此時，前座的阿篤，緩緩開口了。

「我小時候……也常被我阿公載著這樣騎車。」

「哦！那你阿公現在人呢？」

「他已經去世了。」

淇淇尷尬

的點了點頭。

「這樣啊……」

「嗯！他去世了。」阿篤點了點頭，調轉龍頭騎向上坡，語調有些落寞。

「而且我的阿公，就是送那台藍色腳踏車給妳阿公的人。」

「咦？」淇淇正感到疑惑，阿篤卻輕輕煞住腳踏車。

他們停在鎮上消防隊的倉庫前。為了準備隨時出動救災，車庫的鐵捲門高高拉起，好幾輛紅通通的消防車就在阿篤與淇淇眼前，雄偉的一字排開。

阿篤指著最中間的那輛消防車。

淇淇想起來了，這是阿篤向她介紹過的「水金號」。

消防車的車身上，用白漆寫著「水旺伯、鳴金伯，聯合贈送」。

「我阿公的名字，就叫做水旺伯。」阿篤說，眼神充滿懷念，卻也帶著一絲驕傲。

「消防隊募款買這台車的時候，我阿公已經死了。」

「咦？那這台車……」

「這是妳的阿公，阿雍伯，代替我阿公捐的。」阿篤笑著說。

「用的就是妳阿公努力做資源回收存下來的錢。」

淇淇感到震驚又疑惑，五味雜陳的情緒頓時湧上心頭。一台消防車至少要好一兩百萬，阿公究竟哪來這麼多錢？靠回收空罐子和廢報紙賺來的錢？

「妳不要不相信，我告訴妳，捐贈這台車的另一個名字，嗚金伯，就是妳阿公做善事時用的化名。」

「我阿公……我阿公竟然有能力捐這麼多錢。」淇淇感到不可思議。但仔細一想，阿公每天的確都帶著笑容，努力揮汗做資源回收，這麼多年來，日日存錢、積少成多，捐款給消防隊送消防車，其實並沒有原先所想的那麼遙不可及。

「因為妳阿公行善不欲人知，每次捐款都用『嗚金伯』這個名字，這件事情只有我知道。」阿篤低下頭時，淇淇才發現，他是想掩飾眼中閃爍的淚意。

「我阿公他……他是做腳踏車修理生意的，他回收廢棄腳踏車，然後把有用的零件拼湊出來。我阿公把腳踏車送給山上那些偏遠地區的孩子，讓他們不用走太遠的路，就可以騎車上學。」大概是想起自己阿公生前努力修理腳踏車的身影，阿篤的眼淚不停的往下掉。那全是思念的淚水，淇淇看了很心疼。

「那一天……腳踏車倉庫著火了，大家都很著急，但阿公說他前一天好不容易剛組完一台腳踏車，他說……這車是要給阿雍伯代步用的，他只要進去牽一下車，馬上就好、馬上就出來……但是他終究沒有出來。」阿篤抹去眼淚，雙手緊緊握拳。

「等到消防隊進去的時候，已經太遲了……」淇淇終於知道，為什麼阿公把那台天藍色腳踏車看得比命還重要……因為那台腳踏車，是阿篤的阿公最後留在這世界上的友情。死去的好友親手修理組裝完成的腳踏車，就是阿公往後用來做善事時使用的代步工具。

淇淇的眼淚也不禁掉了下來。原來這些年來，阿公一直是用珍惜與感恩的

心情使用那台腳踏車。而他把做資源回收的錢都存起來買消防車，正是為了要紀念好朋友水旺伯。

望著眼前的這台「水金號」消防車，淇淇感到難過又感動，她伸出小手摸著水金號的冰涼車身。大概也是水金號顯靈，阿公那晚才能成功逃出火場吧！想到這裡，淇淇忍不住雙手合十，對天上的水旺伯祈禱感謝。

「水旺伯，謝謝你保佑我的阿公……謝謝你保佑我們。」

雨停了，阿篤與淇淇收起了悲傷，兩人騎乘著腳踏車，緩緩在街上前進。回家的路上，淇淇想起返校日去幫忙打掃鎮長辦公室的事，嘆了口氣。

「唉！我阿公一定又要生氣了。」

「為什麼？」阿篤問。

「因為我阿公很討厭鎮長，不曉得為什麼。」

「哈哈哈哈！」阿篤突然朗聲大笑。

「這我們之前不就討論過了嗎？妳還沒問妳阿公嗎？」

「笑什麼！」淇淇感覺自己又有什麼事情被蒙在鼓裡，憤怒的嚷道。

「我沒有機會問呀！」

「那我乾脆直說吧！」阿篤收住笑聲。

「我阿公和妳阿公生前最常說的一件事，就是鎮長一定有貪污。」

「貪污？」淇淇高聲叫道：「這可是很嚴重的事情！你們有證據嗎？」

「就是找不到那傢伙的小辮子，才會讓他當鎮長這麼久啊……」阿篤嘆息道。

「其實鎮上很多長輩都對鎮長非常不滿呢！之前聽說他惡意操作農會，拿走不少錢，不過大家一直抓不到他的小辮子……今天也有很多人去鎮長辦公室抗議淹水的事情，妳不曉得嗎？」

「我不太瞭解他們在抗議什麼。」淇淇無辜的辯解道。

阿篤翻了翻白眼，好聲好氣的解釋：「他們在抗議東村兩座大橋的堤防年久失修，這次洪水才會這麼嚴重。」

「不，我今天看到一份公文……好像是有撥經費整修啊！啊！」淇淇這一叫，讓阿篤煞住了車。

「妳說真的還假的？」他瞪大眼睛問。

「我們得趕快回去找那份公文。」淇淇緊張的壓低聲音。

「而且不能讓人發現。」

「太好了！包在我身上！」阿篤興奮的把車龍頭一轉，往鎮上的方向加速騎去。這時已經將近天黑了。鎮長辦公室幾乎已經熄燈，阿篤與淇淇不想打草驚蛇。

「我們從後院爬牆進去。」

「爬牆？」淇淇低頭尷尬的望著自己的制服裙。

「我爬就好。」阿篤豪爽一笑。「妳在外面等。」

此時，圍牆內突然傳出兩三個人的聲音，嚇得阿篤與淇淇就地蹲下。

是個不認識的男聲。

「妳怎麼把這種東西放給那些初中學生處理？」

「放心啦！他們都當作垃圾，清出去了！」這聲音清澈宏亮，竟然是朱老師的聲音！淇淇和阿篤瞪大眼睛，不敢輕舉妄動。此時，鎮長辦公室前傳來貨車引擎的粗重噪音。

「趕快把這些文件燒掉，別讓任何人看到！」又是剛剛那個男聲。

「其餘的我叫工友搬去回收場。」

「他們要把文件燒掉了！」阿篤對淇淇使了個眼色，翻身就跳進牆裡。為了掩護阿篤，淇淇做出男生的怪聲，嘶啞的喊叫：「失火了！失火了！」這一叫，果真引起朱老師與男人們的注意，他們紛紛跑出庭院。

淇淇看到那份文件仍緊緊捏在朱老師手裡。

「糟糕……」淇淇發現自己的眼睛跟朱老師對個正著，她被看見了！

「淇淇？妳在這裡做什麼？」朱老師帶著僵硬的笑容走來。

「我……」淇淇緊張得滿臉通紅，卻也害怕得不得了，腦子一片空白。

「抓住那個孩子！」男人們倒是沒給淇淇任何機會，兇猛邁步追了上來。

情急之下，淇淇連忙跳上阿篤的腳踏車。眼前有兩條路，一條是通往漆黑後山的下坡，一條則是泥濘不堪的上坡。淇淇毫不猶豫的轉動踏板，往下坡一溜。重力加速度，車輪飛馳，後面的男人很快就追丟了。

「糟糕……阿篤還在辦公室的庭院裡……」淇淇感到一陣恐慌。要是阿篤被抓住了會怎麼樣？

後山的樹叢陣陣騷動，鬼影幢幢，淇淇立刻感覺害怕起來。她想騎回家找阿公，卻發現腳踏車突然重得跟鉛塊一樣，推也推不動。

「唉！爆胎了……」淇淇感到一陣絕望，只得把腳踏車丟在路邊。

「開門！快開門！」幾個來意不善的黑衣人，正猛力敲著阿雍伯家的門。

「汪汪汪！」黃狗阿輝朝他們猛吠，露出了白森森的牙齒。

「阿輝？怎麼啦？」阿雍伯正擔心著淇淇怎麼還沒回家，慌忙起身準備開門。突然間，後院竄進一個慌慌張張的清瘦人影。

「噓！阿雍伯，別開門！跟我來！」阿篤輕輕的抓住了阿雍伯的手臂。

「您和我阿公一直在找的鎮長貪污證據，淇淇今天已經找到了。」阿篤壓低聲音說，連忙把剛剛發生的事情都說了一次。聽見這群孫子輩的小毛頭竟然掌握住了貪污證據，阿雍伯也不禁露出激動的神色。

「原來如此！那群門口的人，一定是來抓淇淇的。我們先走！」阿雍伯牽起天藍色腳踏車，與阿篤一同離開房子。

「我就知道，政府一直都有撥預算給我們鎮上整修河邊堤防。」一想起鎮長為了把預算納為己有，竟犧牲鎮民們的權益，還任洪水肆虐，阿雍伯氣得握緊拳頭。

「可惜，我今天沒有搶到那些放在廢紙堆的公文。」阿篤自責的說。

「我找了一陣子，什麼都沒找到，大概是……」

「等等，你說廢紙堆？」阿雍伯眼睛一亮。

15. 勇敢的女人

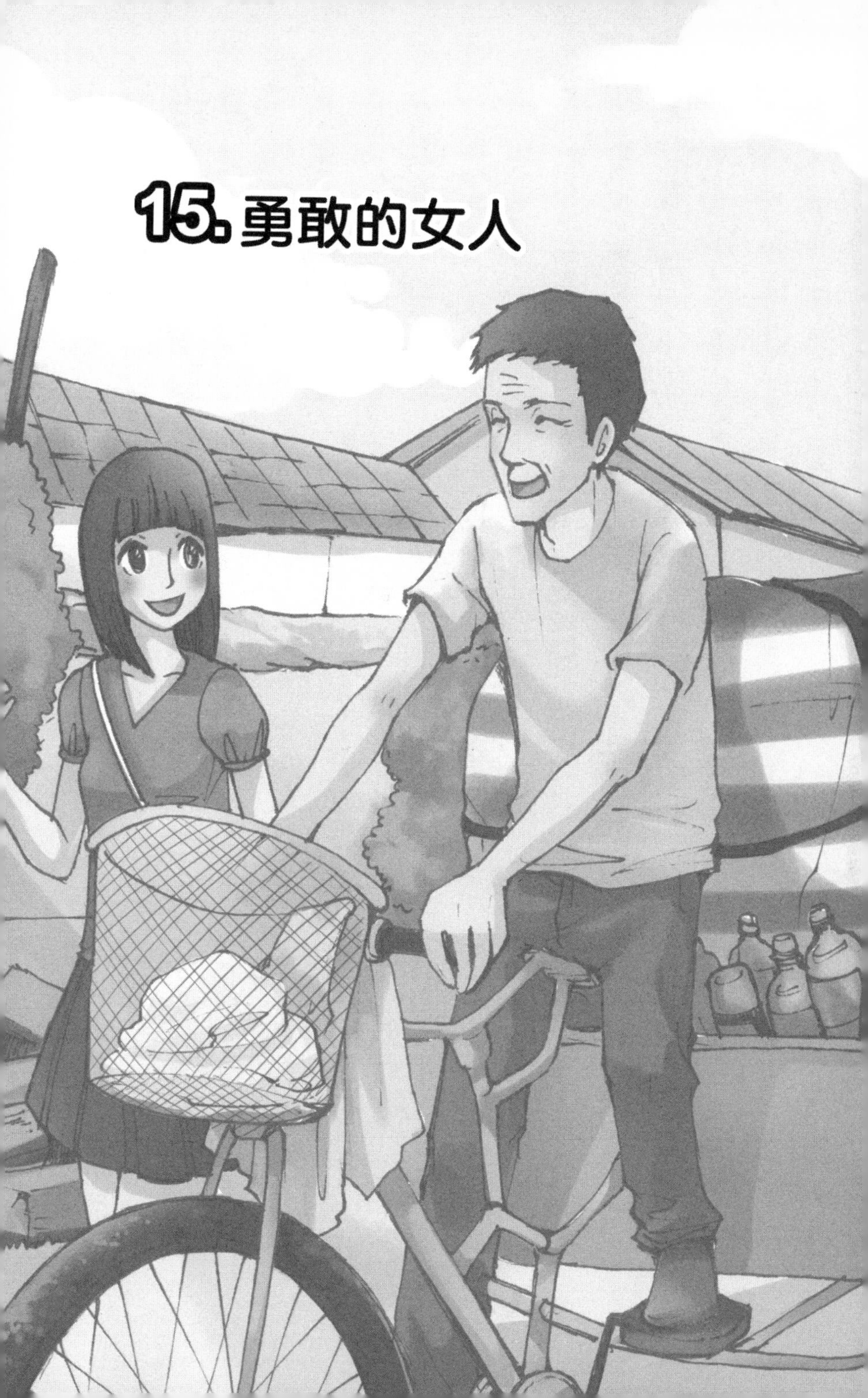

貓頭鷹神祕的叫聲，迴盪在林子裡。淇淇順著來時的道路慢慢走，不知不覺已經走得精疲力盡，森林卻彷彿沒有盡頭似的，永遠走不出去。雖然滿頭大汗又心情慌亂，淇淇還是告訴自己，要儲存剩餘的體力，不要再盲目亂走了。

肚子餓得咕嚕咕嚕叫，淇淇摸摸沉重的書包，赫然發現上午替阿篤準備的便當還在裡頭。裡頭有幾樣糕點和一些水果，怕消化不良，淇淇慢慢咀嚼，找個樹叢坐下休息。

「不知道阿篤怎麼樣了？」

「淇淇？淇淇？」遠方的燈火搖曳，一陣溫暖的女性呼喚讓淇淇驚喜的跳了起來。那是朱老師，她手上拿著手電筒。淇淇有種衝動想大聲回應。但她卻也想起今天朱老師的神情。平時朱老師老是出現在鎮長辦公室，又跟他有說有笑的，今天又緊緊拿著那疊公文……

「看來她絕對跟鎮長是一夥兒的……」來者不善，不可不提防。

淇淇躲進草叢，不敢出聲。她心想，朱老師一定帶了那兩個凶神惡煞的男人進林子來找她。朱老師手中的手電筒燈光不停閃爍，詭譎的搖曳不已，嚇得淇淇壓低身子。隨著燈光越來越遠，最後，大地又恢復了一片漆黑。

遠處傳來一陣狗吠。是山上的野狗群。牠們成群結隊，像在追趕著什麼，瘋狂嚎叫的聲音聽起來陰沉又恐怖。

「又怎麼了？」淇淇嚇得爬上樹梢，放眼眺望。遠處的草叢裡有個身影正在逃跑。牠有著黃色的長毛與靈活的四肢，雖然被野狗群窮追在後，阿輝卻也抬著頭，像在尋找什麼。

「阿輝？」淇淇驚叫道。「阿輝！你怎麼來了？是來找我的嗎？」

「汪！」雖然已經精疲力盡，阿輝仍忠厚的朝淇淇搖著尾巴。

「野狗走開！」淇淇機警的朝野狗群踢下鞋子，又猛力摘了粗硬樹枝往下丟。眼看有頭兇惡的大灰狗正要撲向阿輝，淇淇連忙爬下樹，使勁把阿輝往樹上拉。

「汪嗚！」阿輝回頭咬住大灰狗，一面保護淇淇，一面往樹幹上跳。喘歸喘，牠倒也身手矯健，三兩下就爬到淇淇身邊。野狗群齜牙咧嘴，對著樹上的淇淇猛吠。牠們的聲勢浩大，一時真把淇淇嚇慌了。她決定保持鎮定，靜靜的抱緊阿輝，對樹下的狗群不理不睬。這招很快奏效，狗群自覺沒趣，便一哄而散。

「阿輝，謝謝你來找我。」淇淇望著氣喘噓噓的老黃狗。阿輝則搖了搖尾巴，望向山下的方向。

「我怕野狗群還沒走遠，等天一亮，你就帶我回家好嗎？」

阿輝把頭埋進淇淇的臂彎裡，像是在說好。大地再度安靜起來。耳畔只聽得見夏蟲的叫聲。蟋蟀的鳴唱富有節奏，讓淇淇緊張的心情舒緩了下來。仰望天空時，她這才發現滿天的繁星像晶瑩的鑽石般，閃爍不已。

「不怕，沒什麼好怕的。」淇淇苦中作樂的想。「我只怕我半夜睡著，掉下樹。」她想起今天發生的事，真覺得自己勇敢了不少。

以往她總是習慣當個安靜乖巧的女孩，之前面對農會前悲傷的眾多長輩，淇淇也覺得自己很消極，面對不公不義的事情也只能感到無能為力。但沒想到在這裡住了一段時間後，遇到了許多刺激的事情，淇淇也變得能隨機應變，更有勇氣去踏出改變的那一步。像是今晚，她不但果斷的帶阿篤折返回鎮長辦公室找證據，也懂得一個人躲開危險。而面對種種的生離死別，淇淇也更加懂得珍惜眼前的簡單生活。

「我只希望阿公、阿篤他們都沒事……」帶著這個念頭，淇淇不斷的祈禱著。隨著夜裡的氣溫越來越低，她感覺自己變得越來越沒有力氣，渾身發冷。

「我一定會沒事的。」意識模糊之際，淇淇如此告訴自己。

「唉呀！怎麼在這裡睡覺，會著涼喔！」淇淇聽見了阿嬤的呼喚。不，不對呀！阿嬤已經過世了……淇淇睜開眼，伸手抓住那雙溫暖而粗糙的手。她看見了阿嬤和藹而親切的笑容。

「阿嬤……我搬回來跟阿公住了……」

「噓！睡吧！」阿嬤伸手撫摸著淇淇的頭髮，柔情似水的哄她入睡，一切就像小時候一樣，而阿嬤的語調也溫柔慈祥。

「阿嬤知道，阿嬤都知道，謝謝妳……謝謝妳替我照顧妳阿公。」

阿嬤往她身上蓋了一件大毛毯，軟綿綿的觸感，散發出讓人安心的溫度。

淇淇再度睜開眼時，金黃色的美麗晨光正撒向林間，而身上那個溫暖的東西，是阿輝毛茸茸的身體。阿輝用尾巴戳戳淇淇，示意她，該起床囉！

「原來……已經早上了……」淇淇隱約聽到山腳下傳來鼎沸的人聲，還有擴音喇叭的聲音。黃狗阿輝迫不及待的竄下樹，帶著淇淇走到山間小徑上，一路往山坡走。

夏日的微風讓樹影翩翩搖曳，透過阿輝的帶領，慢慢下山。當淇淇定睛一看，下坡的小徑旁，竟然站著一個高大而熟悉的身影。戴著斯文的粗框眼睛、往後梳整的烏黑捲髮，眼前西裝筆挺的男人正是……

「爸爸！」淇淇朝好久不見的爸爸飛奔而去，抱住爸爸的同時，她也看見

了阿篤與阿公破涕而笑的表情。他們身後是一群熱心的村民和警察，很顯然是要上山來一起找淇淇的。

「淇淇在那裡！她自己走下來了！」阿篤雀躍的奔上山徑。

「太好了！大家都沒事！」淇淇抱住爸爸，而阿篤也牽著阿公的天藍色腳踏車，笑容滿面的朝淇淇走來。

「爸爸……你怎麼會來？」淇淇不敢相信竟會在山上見到爸爸。

「你阿公打電話叫我來的。」爸爸的聲音充滿磁性與柔情。

「發生這麼大的事情，我連夜就趕回來了。」

「我的外孫女真是個小英雄。」看來阿公已經知道淇淇昨晚的冒險了。淇淇連忙擺擺手，緊張的問：「那……那些公文呢？」

「放心，阿篤和我已經都解決啦！」

阿公露出一個難得的燦爛笑容，拿出報紙。報紙日期是今天，上頭寫著：

「回收場蒐證，公文指證歷歷，鎮長因貪污罪被起訴。」

原來，昨天聽阿篤一說，阿公立刻跑到他熟悉的回收場，和阿篤兩人找到其餘尚未被燒毀的公文，裡頭不但有縣政府撥來治水的預算表，更有東村橋樑的施工計畫。阿公與阿篤將它們當作證據，交給了當地的警察與記者。

淇淇一家人下了山，鎮上已因鎮長貪污的事情被鬧得沸沸揚揚。淇淇想起昨晚朱老師上山找她的事情，仍驚魂未定。她把鎮上的新聞都讀了一次，總算找到朱老師的名字。原來，朱老師之前就經常請假去鎮長辦公室，名義上是幫忙公務，目的卻是為了要蒐集鎮長貪污的證據。

那晚，朱老師不但沒有放火燒公文，反而把她手中的公文偷偷交給記者，幫忙把資料收整。而朱老師正是因為擔心淇淇的安危，才到後山尋找淇淇。

「原來……是我誤會她了。」淇淇被這次的事件弄得一個頭兩個大，也很抱歉自己竟然錯怪朱老師。但阿公仍誇獎她冷靜思考、有自己的想法。

這平靜的晴朗午後，阿公坐在屋簷下的板凳，瞇著笑眼用台語說道：「阮孫實在是巧。妳也不要自責，阿公知道妳是為了保護自己，才會去懷疑別人。

很多事情，光看表面是不曉得的。」

「對呀！就像這台車一樣，光看表面，真不知道這車有這麼多故事……」淇淇微笑的望著停在一旁的天藍色腳踏車。

「妳……妳知道啦？」阿公似乎有些難為情，神情充滿感慨。

「我也知道，嗚金伯的故事喔！我想，之前在我們學校看到的十萬元圖書館捐款，也是嗚金伯捐的吧！」淇淇故作神祕，撒嬌的說。這一笑倒是讓阿公難為情的搖搖手。

「別說，別說出去。」阿公將手指舉到唇邊。

「為什麼不讓更多人知道你做了善事呢？」淇淇問。

「大家都知道我阿雍伯每天努力的幫大家收破爛，這就夠了。」阿公輕輕一笑，這踏實而純真的笑容，讓淇淇非常感慨。

她明白，「善事」的定義不在捐了多少錢，或者用什麼名字捐錢。

「對呀！就算不說阿公背地裡捐了多少錢……阿公也的確每天都在替大家

做善事。」淇淇也笑了。

「和這台腳踏車一起做善事。」天藍色腳踏車斜放在夕陽下，車身映射著雲彩的光影，而淇淇知道，這台車的背後，有著兩個家庭的故事。

她與阿公的故事，阿篤與水旺伯的故事。

今天，淇淇送爸爸回車站坐火車。少年阿篤也一起來送行。

「喂！阿篤，我一直很想問，你跟我女兒是什麼關係？」淇淇爸開玩笑的問。阿篤則輕描淡寫的回答道：「我們的阿公是好朋友。」這回答讓淇淇不知道該生氣，還是該感動。

臨走前，爸爸輕柔的給了淇淇一個大擁抱。

「淇淇，爸爸會來看妳的，住在這裡的妳，變漂亮，也變快樂了，我想，這裡很適合妳。」爸爸的眼神滿是慈愛，淇淇則有種受到肯定的感覺，用力的點了點頭。

15 勇敢的女人

「淇淇，好好過生活。妳跟妳媽媽一樣，是勇敢的女人。」上車前，爸爸最後說了這句話。淇淇的眼淚再度落了下來，她把這句話寫進給媽媽的信中。

不管媽媽看到信後會怎麼回應，淇淇知道，爸爸也一直默默祝福著她們母女倆。而她也要鼓起勇氣，把這份祝福告訴媽媽。

「媽媽，我在這邊的第一個暑假，即將結束了。明天，我會和阿篤去海邊走一走，多看看這塊陪媽媽長大的土地，也請媽媽在台北一切要保重身體。爸爸說我們都是勇敢的女人，今後我和媽媽也要繼續一起加油。」街角的淇淇戴起草帽，輕盈的把信投進郵筒。

「叮鈴、叮鈴——」

「阿雍伯來了，趕快把廢紙和空罐拿出來。」街上的人們走出家門，帶著笑容等待天藍色腳踏車的到來。

阿公的腳踏車鈴鐺繼續響在街角，像是全世界最悅耳的聲音。

培育文化
勵志學堂 36

阿公的腳踏車

作者　夏嵐
責任編輯　禹金華
美術編輯　蕭佩玲
封面設計　蕭佩玲

出版者　培育文化事業有限公司
信箱　yungjiuh@ms.45.hinet.net
地址　新北市汐止區大同路三段一九四號九樓之一
電話　（02）8647-3663
傳真　（02）8674-3660
劃撥帳號　18669219
CVS代理　美璟文化有限公司
TEL／(02)27239968
FAX／(02)27239668

總經銷：永續圖書有限公司
永續圖書線上購物網
www.foreverbooks.com.tw

法律顧問　方圓法律事務所　涂成樞律師
出版日期　2013年3月

國家圖書館出版品預行編目資料

阿公的腳踏車 / 夏嵐著. -- 初版.
-- 新北市 : 培育文化, 民102.03
面 ;　公分. -- (勵志學堂 ; 36)
ISBN 978-986-5862-02-2(平裝)
859.6　　102000431

※為保障您的權益，每一項資料請務必確實填寫，謝謝！

姓名		性別	□男　□女
生日	年　月　日	年齡	
住宅地址	郵遞區號□□□		
行動電話		E-mail	

學歷

□國小　□國中　□高中、高職　□專科、大學以上　□其他＿＿＿＿

職業

□學生　□軍　□公　□教　□工　□商　□金融業

□資訊業　□服務業　□傳播業　□出版業　□自由業　□其他＿＿＿＿

謝謝您購買本書，也請您與我們一起分享讀完本書後的心得。

務必留下您的基本資料及電子信箱，使用我們準備的免郵回函寄回，我們每月將抽出一百名回函讀者，寄出精美禮物以及享有生日當月購書優惠！想知道更多更即時的消息，歡迎加入“永續圖書粉絲團”

您也可以使用以下傳真電話或是掃描圖檔寄回本公司電子信箱，謝謝！

傳真電話：（02）8647-3660　　電子信箱：yungjiuh@ms45.hinet.net

●請針對下列各項目為本書打分數，由高至低5～1分。

項目	5 4 3 2 1	項目	5 4 3 2 1
1. 內容題材	□□□□□	2. 編排設計	□□□□□
3. 封面設計	□□□□□	4. 文字品質	□□□□□
5. 圖片品質	□□□□□	6. 裝訂印刷	□□□□□

●您購買此書的地點及店名＿＿＿＿＿＿＿＿

●您為何會購買本書？

□被文案吸引　□喜歡封面設計　□親友推薦　□喜歡作者

□網站介紹　□其他＿＿＿＿＿＿＿＿

●您認為什麼因素會影響您購買書籍的慾望？

□價格，並且合理定價是＿＿＿＿　□內容文字有足夠吸引力

□作者的知名度　□是否為暢銷書籍　□封面設計、插、漫畫

●請寫下您對編輯部的期望及意見：

★請沿此線剪下傳真、掃描或寄回，謝謝您的寶貴的意見！

221-03

新北市汐止區大同路三段194號9樓之1
FAX：（02）8647-3660
E-mail：yungjiuh@ms45.hinet.net

廣 告 回 信
基隆郵局登記證
基隆廣字第200132號

培育

文化事業有限公司

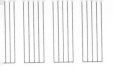

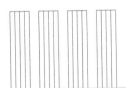

讀者專用回函

阿公的腳踏車

培養文化育智心靈的好選擇